楚辭要籍叢刊

主編 黄靈庚

屈子楚辭章句

〔清〕劉夢鵬 撰

崔小敬 點校

上海古籍出版社

本書爲「十三五」國家重點圖書出版規劃項目
本書爲二〇一一—二〇二〇年國家古籍整理出版規劃項目
本書爲二〇一九年國家古籍整理出版資助項目
本書爲浙江師範大學中國語言文學一流學科建設成果
本書爲教育部人文社會科學規劃基金項目成果

清嘉慶五年藜青堂重刻本《屈子楚辭章句》書影

楚辭要籍叢刊導言

黃靈庚

楚辭首先是詩，與詩經是中國詩歌史上的兩大派系，好比是長江與大河，同發源於崑崙山，然後分南北兩大水系。大河奔出龍門，一瀉千里，蜿蜒於中原大地，孕育出帶上北國淳厚氣息的國風；而長江闖過三峽，九曲十灣，折衝於江漢平原，開創出富有南國絢麗色彩的楚辭。

「楚辭」這個名稱，始於漢代，是漢人對於戰國時期南方文學的總結。「楚辭」既指繼承詩經之後，在南方楚國發展起來的新體詩歌，標誌着中國文學又進入了一個輝煌的時代；又是中國詩歌由民間集體創作進入了詩人個性化創作的時代，而屈原無疑是創作這種新歌體的最傑出的代表，創造出了「驚采絶豔，難與並能」的離騷、九歌、天問、九章、遠遊、卜居、漁父等不朽的名作。

屈原的弟子宋玉、景差及入漢以後的辭賦作家，承傳屈原開創的詩風，相繼創作了九辯、招魂、大招、惜誓、招隱士、七諫、哀時命、九懷、九歎、九思等摹擬騷體之作，被後世稱之爲「騷體詩」。據説是西漢之末的劉向，將此類詩賦彙輯成一個詩歌總集，取名爲「楚辭」。再以後，東漢王逸爲劉向的這個總集做了注解，這就是至今還在流傳的王逸楚辭章句十七卷的本子，是現存的最早的楚辭文獻，也是我們今天學習楚辭最好的讀本。

「楚辭」之所以名「楚」，表明了所輯詩歌的地方特徵。宋黄伯思業已指出：「蓋屈、宋諸騷，皆書楚語，作楚聲，紀楚地，名楚物，故可謂之『楚詞』。若些、只、羌、誶、蹇、紛、侘傺者，楚語也；頓挫悲壯，或韻或否者，楚聲也；沅、湘、江、澧、修門、夏首者，楚地也；蘭、茝、荃、葯、蕙、若、蘋、蘅者，楚物也；他皆率若此，故以『楚』名之」。其雖然説出了「楚辭」所以名「楚」的緣由，而没有進一步指出名「辭」的來歷。辭，也可以寫作「詞」。楚辭詩句之中都有感歎詞「兮」字。這個「兮」字，古人統歸屬於「詞」，古音讀作「呵」，是最富於表達、抒發詩人的情感的感歎詞。這也是楚辭句式的顯著特點。「楚辭」之又所以稱「辭」，是與用了這個「兮」字有關係。

楚辭的句式比較靈活，四言、五言、六言、七言不等，參差變化，不限一格，一改詩經以四言爲主的呆板模式。詩經的篇章結構以短章重疊爲主，短則數十字，長則百餘字，内容相對單一，只截取生活中一個片斷，無法敘述比較複雜、曲折、完整的故事。楚辭突破了這個局限，像離騷這樣的宏篇巨製，洋洋灑灑，三百七十三句，二千四百九十字，至今仍是最偉大的浪漫主義抒情長詩，表現了詩人自幼至老、從參與時政到遭讒被疏，極其曲折的生命歷程；撫今思古，上天入地，抒瀉了在較大時空跨度中的複雜情感。從音樂結構分析，楚辭和詩經一樣，原本都是配上音樂的樂歌。詩經只是一遍又一遍的短章重複演奏，而楚辭有「倡曰」、「少歌曰」、「重曰」，表示樂章的變化，比詩經豐富得多。最後一章，必是衆樂齊鳴，五音繁會，氣勢宏大的「亂曰」。

楚辭的地方特徵，不僅僅是詩歌形式上的變化和突破，更重要的在於精神内容方面的因素。南國楚地三千里，風光秀麗，山川奇崛，楚人既沾濡南國風土的靈氣，又秉習其民族素有「剽輕」的遺風，陶鑄了楚人所特有的品格。楚辭更是「得江山之助」，在聲韻、風情、審美取向、精神氣質等方面，無不深深地烙上了南方特色的印記，染上了濃厚的「巫風」、神怪氣象，動輒駕龍驂鳳，驅役神鬼，遨遊天庭，無所不至。至其抒發情感，激越獷放，一瀉如注，較少淳厚平和的理性思辨，和中原文化所宣導的「不語怪力亂神」、「温柔敦厚」風氣比較，確實有些區別。

屈原是一位富於創造精神的文化巨匠，他置身於大河、長江的崑崙源頭，俯視於南北文化交融的臨界綫。一方面既保持着楚人特有民族性格，自强不息的精神面貌，富有想象的浪漫情調；另一方面又廣泛吸取、融會中原的理性思想，繼承詩經的道德傳統精神。故而在他的作品中，儘管有大江兩岸、南楚沅湘的旖旎風光、濃豔色彩，但幾乎不曾提到楚國的先王先賢，而連篇累牘的都是爲中原文化所公認的歷史人物：堯、舜、禹、湯、啓、后羿、澆、桀、紂、周文王、武王、皋陶、伊尹、傅説、比干、吕望、伯夷、叔齊、甯戚、伍子胥、百里奚等。在屈原的神話傳説中，除九歌中的湘君、湘夫人、山鬼三篇外，像太一、雲中君、東君、司命、河伯、女岐、望舒、雷師、屏翳、伏羲、女媧、虙妃等，都不是楚國固有的神靈，也没有一個是楚人所獨有的神話故事。離騷開頭稱自己是「帝高陽之苗裔」，高陽是黄帝的孫子，其發祥之地，在今河南省的濮陽，不也是中原人的先祖嗎？總之，楚辭是承接詩經之後的一種新詩體，二者同源於大中華文化，是不能割切開來的。更不能説，楚辭是獨立於中華文化以外的另一文化系統。如果片面强調楚辭的地域性、獨立性，也是不妥當的。

楚辭對於後世文學創作的影響是非常巨大的，像司馬遷、揚雄、張衡、曹植、阮籍、郭璞、陶淵明、李白、杜甫、李賀、李商隱、蘇軾、辛棄疾等各個歷史時期的名家巨子，沿波討源，循聲得實，都不同程度地從屈原的辭賦中汲取精華，吸收營養，形成了一個與詩經並峙的浪漫主義傳統的創作風格。在中國文學史上，後世習慣上説「風、騷並重」，指的是現實主義和浪漫主義的兩大傳統精神。由此想見，屈原對於中國文學的偉大貢獻是無與倫比的，屈騷傳統精神更是永恒不朽的。

正因如此，研究中國詩學，構建中國文學史及中國文化史，楚辭無論如何是繞不開的。而讀楚辭、研究楚辭，必須從其文獻起步。據相關書目文獻記載，自東漢王逸楚辭章句以來至晚清民初的兩千餘年間，各種不同的楚辭注本大約有二百十餘種。綜觀現存楚辭文獻，大抵以王逸章句與朱熹集注爲分界：在朱熹集注以前，基本上是承傳王逸章句，而明、清以後，基本上是承傳朱子集注。由我主編且於二〇一四年國家圖書館出版社出版的楚辭文獻叢刊，輯集了二百〇七種，應該蒐録的注本，基本上已彙輯於其中了。遺憾的是，由於這部叢書部帙巨大，發行量也極有限，普通讀者很難看到。且叢書爲據原書的影印本，没作校勘、標點，對於初學楚辭者，尤爲不便。

有鑑於此，我們與上海古籍出版社合作，從中遴選了二十五種，均在楚辭學史上具有影響，爲楚辭研究者必讀之作，分别予以整理出版，滿足當下學術研究的需要，而顏之曰楚辭要籍叢刊。其二十五種書是：漢王逸楚辭章句，宋洪興祖楚辭補注，宋朱熹楚辭集注，宋吴仁傑離騷草木疏，清祝德麟離騷草木疏辨證，宋錢杲之離騷集傳，明汪瑗楚辭集解，明陸時雍楚辭疏，明周拱辰離騷草木史，明陳第屈宋古音義，明黄文焕楚辭聽直，清林雲銘楚辭燈，清王夫之楚辭通釋，清丁晏楚辭天問箋，清蔣驥山帶閣注楚辭，清戴震屈原賦注附初稿本，清胡濬源楚辭新注求確，清陳本禮屈辭精義，清劉夢鵬屈子楚辭章句，清朱駿聲離騷賦補注，清王闓運楚辭釋，清馬其昶屈賦微附初稿本屈賦哲微，日本西村時彦楚辭纂説、屈原賦説，日本龜井昭陽楚辭玦等。參與點校者，皆多年從事中國古典文獻研究、尤其是楚辭文獻研究，是學養兼備的「行家裏手」，其對於所承擔整理的著作，從底本、參校本的選定，出校的原則及其前言的撰寫等，均一絲不苟，功力畢現，令人動容。但是，由於經驗、水平不足，受到各種條件限制（如個别參校本未能使用），且多數作品爲首次整理，頗有難度，因而存在各種問題，在所難免，其責任當然由我這個主編來承擔。敬請讀者批評指瑕，便於再版改正。

前言

崔小敬

屈子楚辭章句爲清劉夢鵬所作。劉夢鵬字雲翼，號海亭，湖北蘄水人。乾隆十六年辛未（一七五一）進士，官至深州饒陽知縣，任職期間緩徭役，免浮税，造士撫民，有治聲，後丁憂歸，不久即卒。其著作除屈子楚辭章句外，尚有春秋義解十二卷，大旨推本公羊、穀梁之學。劉夢鵬事見清李元度輯國朝先正事略卷二十八胡石莊先生事略附，亦見清史列傳卷六十六儒林傳，然均極簡略。

屈子楚辭章句前有「年家眷弟」紹興謝錫位乾隆五十四年己酉（一七八九）序，據序中「典逢鳳詔，他年喜入芸臺；價重雞林，此日欣登梨棗」之句，當爲乾隆五十四年藜青堂初刻本所作。序中稱「劉君正齋先生」及「正齋先生之弟海亭先生」，則劉夢鵬尚有兄長號正齋者。此書同校者有「男光鎮、光鑑，侄光鑾、光銘」，疑光鑾、光銘即劉正齋之子。謝序後有劉夢鵬自作屈子序，作於乾隆二十五年庚辰（一七六〇），時在「直隸深州饒陽官署」，故謝序稱「行役餘閒，清吟不輟；簿書稍暇，披訂偏增」，然而此書撰成後並未立即刊行，據序中「榮枯有數，修短無常」及「遺編」等字樣，可知劉氏卒後方由其子侄等付梓。

是書凡七卷，劉氏自序謂本孟子知人論世之旨而作，然因屈原之作「各本異同頗多，而序次亦復淩亂無紀」，因而「考其沿誤，訂其編次，務求其安。雖于屈子之志未敢自信脗合，亦庶幾令後之讀者明於所遇之不齊，不復懷『忿懟沉江，露才揚己』之疑，則於屈子亦未必無一當也。」故目録首明屈賦之數，謂：「按漢志『屈賦二十五篇』，離騷一篇，九歌十一篇，卜居一篇，天問一篇，招魂一篇，哀郢九篇，懷沙一篇。有割懷沙引語漁父辭别爲一篇，充二十五篇之數，去招魂不收者，謬。又或竄入大招，而疑漢志篇數不確者，尤爲失實。今更定焉。」目録後附屈子紀略，考證屈原身世。後正文七卷，卷一爲離騷；卷二爲九歌，然合湘君與湘夫人爲一篇而分題爲湘君前後篇，合大司命、少司命爲一篇而分題爲司命前後篇，以合「九」之數，其序依次爲：東皇太一，東君，雲中君，湘君前篇、湘君後篇，司命前篇、司命後篇，河伯，山鬼，國殤，禮魂；卷三爲卜居；卷四爲天問；卷五爲招魂；卷六爲哀郢九章，實乃九章去懷沙而增遠遊，並去原各篇篇題，總題爲哀郢九章，各篇依次爲第某章，其次序爲哀郢、抽思、橘頌、思美人、悲回風、涉江、惜往日、惜誦、遠遊；卷七爲懷沙賦，合漁父辭與懷沙爲一，以漁父辭爲引言，去漁父歌而增「乃作懷沙之賦，其辭曰」九字，後接懷沙全文。如此，則總爲二十五篇，與漢志所載之數正相符合。

是書正文底本用朱熹集注，句後首列雙行小字夾注，或釋音或考異；次爲注文，或釋字詞，或通文義。除個别地方引朱子集注外，基本不引舊注，唯暢言己見。其釋音悉從集注，無甚發明，惟叶音之字由集注之反切改作直音；其校訂則多與集注同，而與洪興祖補注異，然亦間有取於補注處；其所注文，頗簡練精要，以知人論世爲依歸，以以意逆志爲方法，探求屈原之思想，時有通達平實之見，如招魂篇「魂兮歸來，東方不可以託些」段下注云：「屈子之書，所稱或有不經，人每譏其譎幻荒誕，蓋未深觀屈子者也。離騷諸篇所云閬風、縣圃之類，盡寓言見意。招魂所稱乃大荒之域，四極之表，奇形怪狀，雖非接於聽睹，間亦載在山經，原不過借是極言上下四方不祥耳，其有無固不及辨，亦不必辨也。」實爲符合文學創作原理的通達之論。

是書流傳不廣，且評價稍低，究其故：一者因其編次與他書有異，大受四庫館臣非議，謂其「篇章次第，竄亂尤多」，「均不知何據」，「以意爲之也」（見楚辭章句提要）。其次，書中異文僅用「某一作某」而不注出某本，體例不甚嚴謹。然亦有稱許之者，如章學誠氏即稱其「定其二十五篇以從漢志，章剖句析，不必斤斤求合而自能以意逆志，可以一空前人之支離附會，與余夙所疑者，不啻冰釋而節解也。」（浙圖藏稿本章氏遺書卷三）平心而論，四庫館臣自守正角度而言，以劉氏爲妄改；而章氏自讀屈子之賦明屈子之志角度而言，則以爲不必泥古而斤斤求合，其態度較爲開通。綜合古今學者評價，屈子楚辭章句之意義要之有以下二點：其一，劉夢鵬生當乾隆樸學盛行之世，考據之風亦彌漫楚辭學界，學者多溺於章句，字斟句酌，甚或割裂文意，劉氏則能不拘於俗，獨出手眼，以孟子知人論世之説清理屈原之思想，發明屈原之精神，關注屈賦之文學特質，可謂卓然獨立於時。其對於屈賦，確有心同古人之體貼與同情，如於離騷「衆芳蕪穢」

一節反復致意：「時俗流從，伊於胡底？歲寒知松柏，原蓋深爲蕪穢者惜哉！」於招魂一篇則就其文脈强調必出屈原之手：「學者於此試察於性情浮沉之際，音節舒慘之間，則滑稽與號泣不可同年而語，而後知予之非敢臆斷也夫。」其二，其注釋簡明扼要，蓋撮録王逸注及集注爲之，新義雖不甚多，然時有發明，頗爲可觀。如天問自「該秉季德，厥父是臧。胡終弊於有扈，牧夫牛羊」以下二十四句，歷來注家衆説紛紜，然均不得其解。劉夢鵬乃據左傳、竹書紀年、山海經等綜合分析，指出「該」字非「啟」之訛，乃「亥」字之誤，「該」即殷先公之王亥；「有扈」當作「有易」，乃「有易」傳寫之訛，有扈、有易並爲夏時諸侯。並在此基礎上釋義如下：「亥，契八世孫，上甲微之子也。秉，持也。季，猶周禮『山虞服耜，斬季材』之『季』。季德，謂少時之德。厥父，上甲微也。臧，善之也。弊，敗也。牧牛羊者，有易拘留子亥困辱之，使爲牧豎也。原言亥少時秉德，其父善之，何終敗於有易，見辱殊方乎？」此結論之確鑿且空谷絶響，直至二十世紀初王國維氏始據殷墟甲骨文字印證，二者若合符契，然劉氏實早於王氏一百多年。

是書有藜青堂乾隆五十四年初刻本、嘉慶五年重刻本，此次整理即據嘉慶重刻本。楚辭研究大家姜亮夫先生嘗以此書「不能翻印爲憾」，我們此舉或可稍補學界之憾。有關整理情況説明如下：一、俗體字徑改爲正體字，如「爰」改爲「愛」、「旧」改爲「舊」。二、是書正文底本爲集注，故據端平本集注校改。如離騷「相下女之可貽」，「下」原作「一」，據集注改并出校。然集注版本衆多，未詳具體所本，如遠遊「載營魄而登遐兮，淹浮雲而上征」，「淹」集注作「掩」，然劉氏注文中亦云「淹，留也」，則其所用底本即爲「淹」字，然今所見集注并無作「淹」字者，此種情況則保留原文。注文中明顯訛字徑改不出校，其他引文之誤，根據所引文獻的通行本改正，并出校。因筆者材陋識淺，斷句標點或有不當，懇請方家不吝指正。

序

丙午之秋，湘北之役。慶風雲之際會，濟濟者儼上瀛洲；感踪跡之飄零，落落者散同萍水。同舟鄂渚，獨讓龍頭；捧檄浠川，幸追驥尾。風清竹閣，曾披柳惲之章；雨濕莎庭，喜識李邕之面。乃有劉君正齋先生，一見輸心，臭味芝蘭同氣；頻年集首，笑談珠玉生輝。父子則堂構傳心，兄弟則花萼競秀。既立身以矯矯，玉樹臨風；乃華冑之翩翩，瓊枝茁美。惟正齋先生之弟海亭先生，庭推鯉對，家有淵源。業本雁行，學從根柢。髫齡揖客，解對楊梅；壯歲濡毫，善題鸚鵡。襟期灑落，皎然蘇鶴橫江；墨瀋淋漓，驟爾巴船出峽。英年獻賦，早飄桂殿之香；弱歲題名，旋掇杏園之錦。學貯杜庫，猶復潛心於聖經；才裕曹倉，依然鋭志于賢傳。慶潘君之作宰，香滿花城；念召伯之仁民，蔭留棠樹。繫去思者三載，歌來暮者萬民。行役餘閒，清吟不輟；簿書稍暇，披訂偏增。自出性情，絶不規摹。博士天然風韻，何須依傍；詞壇沅芷湘蘭，傳聞不朽。錦心繡口，採擷非虚。誠屈子之津梁，實騷人之寶筏。典逢鳳詔，他年喜入芸臺；價重雞林，此日欣登梨棗。嗟乎！榮枯有數，修短無常。運適逢奇，芳草惹王孫之夢；才憐不偶，幽蘭紉騷客之愁。僕學愧封胡，名慚羯末，幸接正齋之丰采，得披海亭之遺編，不嫌鴉噪以弁言，敢向龍文而作序。時皇清乾隆己酉年小陽月，東越若耶年家眷弟謝錫位理堂拜題。

屈子序

嗚呼，屈子之志苦矣！孟子曰「以意逆志」，又曰：「不知其人，可乎？是以論其世也。」不逆其志，其人不可得而知也。不論其世，其志不可得而逆也。屈子以彼其材，遊諸侯，何國不容？卒不爲此，死而不以自悔，中有所不忍故也。人生有命，各有所錯，真可謂「定心廣志」者哉！周之季世，四維既解，大道衰息。反覆傾危之徒，茫然不知君臣之義，搖脣鼓舌，頽然喪其廉恥節義，不稍稍顧惜。希榮名利祿者，何可勝數？競報復之私情，鮮忠孝之至性，予於申公子胥無取焉。韓非，韓諸公子而圖韓，尚可問哉？亂臣賊子，接跡天下，誰復思君愛國者？夫禮服舊君，不忍忘也。比干剖心，箕子髡首，元子出狂，孔子皆曰「仁」。諒其遇而怨厥志，寧必同轍？孟子曰：「小弁之怨，仁也。」若小弁者，可以怨矣。周幽不君，申侯不臣。妖婦納，夫婦道乖；嫡嗣逐，父子倫廢。五常汩，彝倫斁，犬戎之禍胎已成，而幽不覺悟。爲小弁者涕泣而道，不怨則疏。楚懷當日，君貪臣妒，女戎内蠱，虎狼外噬，覆亡不旋踵，豈復讓彼爲小弁者時哉？客死於秦，受禍最慘，歸喪之日，國人哀號，較之周幽，若一致焉。吁！頃襄忘不戴之仇，而結昏姻之好，亦宜臼之戌申、許者耳，烏在其能怨屈乎？敢不爲宜臼傳耶？蘧瑗不對放殺之謀，晏嬰不死齊光之難，大雅明哲，誠不爲過。彼其所處，各不同等，未可相律。于反覆不忠之日，有人焉，惓惓君國，與存與亡，至死不變，此其意念豈尋常希榮名利禄所可偶攖者？壁立萬仞，何卓卓也！甯俞得從衛成，從容濟變，屈子豈復得之頃襄乎，若之何概之？嗟乎！君與身不可同年語久矣。使武子身全而君不獲濟，而曰「此其不可及也」，是率天下爲馮道也，不且害文傷教者歟？成若竟遭醫手，武子之不爲屈子者幾何？夫屈子以深仁篤摯之性，抒其幽憂蹇産呼號不應之情，孝子仁人之所以用心，千載下猶將見之。今讀其書：高陽苗裔，皇考伯庸，毛裏之思也。長楸隕涕，龍門不見，桑梓之敬也。汎泭下流，遥翼左右，舟流之喻也。鳥反故鄉，狐死首丘，雉鹿之方也。朕時不當，我辰安在也。罪過不意，我罪伊何也。慨夏丘門蕪，傷周道鞠茂也。痛衆芳萎絶，疾壞木無枝也。君子信讒，靡君不識，子不能得之於父，臣不能得之於君。其遇，小弁之遇；其志，小弁之志。又何間然乎？賈生痛哭激已，他如東方朔、劉向、王逸諸人，大都各有不得于當世之故，借以自抒，而又自艷其才者之所爲，然亦何爲也哉！反騷狂詆，又無論已。「孤子唫而抆淚，放子出而不還」，屈子蓋萬不得已於中，聊寄托以起興。每反覆而抒情，妙才之稱，未見一言之知也。苟非脱然于塵氛垢汙營逐腥羶之外，澄懷洗慮，平情和氣，以相遇於昭曠之原，此誠恐未必遽觀其深。甚哉！讀古人書，蓋若斯之難。漢武嗜古，淮南多博雅之士，表章詮釋，子政叔師，章分句斷，不爲非功。然心危慮深，其反復留連，誠有未易端倪。況語不經見，互相承訛，即子朱子蓋有未及盡取而正之者。吁！不以文害辭，不以辭害志，難乎哉！夫子之學琴也，習其曲矣，未得其數，得其數矣，未得其志，得其志矣，未得其人。有間，穆然深思，怡然高望遠志曰：「得其人矣。」嗚呼！若此者，德行茂而性情符也。予於是書，反復紬繹，晦明風雨，性情相深，歌泣與俱，匪一朝一夕之故。翛然潔耶？犖然孑耶？佩玉玦，行蹩躠耶？貌癯然若枯朽，神朗然其秀澈耶？屈子乎！屈子乎！吾得而遇之。夫人之不同，豈無居同處，習同業，日夕言語相酬對，尚有未盡得其隱微者乎？乃亦有相知莫逆，間阻關山，十數年不得晤，而道路忽聞其人近所行事，可以直斷其有無，不拘牽於時俗之訛誣，以曲合其人之本志者。則苟求其志，又安必其覿面也？予於屈子亦若是已矣。是書各本異同頗多，而序次亦復凌亂無紀，竊不自揣，考其沿誤，訂其編次，務求其安。雖于屈子之志未敢自信脗合，亦庶幾令後之讀者明於所遇之不齊，不復懷「忿懟沉江，露才揚己」之疑，則於屈子亦未必無一當也。是爲序。乾隆二十五年庚辰八月，浠川劉夢鵬雲翼氏序於直隸深州饒陽官署。

目録

原目

浠川劉夢鵬雲翼氏訂

男光鑛 光鑑 姪光鑾 光銘 同校

按漢志「屈賦二十五篇」，離騷一篇，九歌十一篇，卜居一篇，天問一篇，招魂一篇，哀郢九篇，懷沙一篇。有割懷沙引語漁父辭別爲一篇，充二十五篇之數，去招魂不收者，謬。又或竄入大招，而疑漢志篇數不確者，尤爲失實。今更定焉。

屈子紀畧

屈子遠祖瑕，楚武王熊通庶子也。食邑於屈，遂爲氏。楚公姓大夫大族三，屈氏其一，故昭、屈、景爲楚三閭。大凡自屈瑕垂二三百年，歷十六七王，至屈伯庸。伯庸生平。平生於楚宣王之四年甲寅歲正月庚寅日。年方二十，得事宣王。年四十餘，爲懷王左徒，旋遭讒廢。語詳史記本傳。張儀來相時，平年五十。留楚者十餘年，年六十餘矣，作離騷諷諫，冀王一悟，卒不可得。懷王受秦欺，客死武關，時平年六十有四。子頃襄王立，愈益疏絶。十二年甲戌，遂放平，時平年七十有六。屈平既放，不忘反，托比興賦，道達己志，作九歌。放三年，頃襄之十有五年也，平年且八十，中不自悔，作卜居。久不反，不能明也，於是作天問。頃襄二十一年癸未二月，秦拔郢，取洞庭、五湖江南，王東走陳城。時平在放九年，故國丘墟，傷己無歸也，作招魂；痛國亡，作哀郢九章。是年四月，賦懷沙，則絶命之辭也。五月五日，沉汨羅死，時年八十有五。海亭劉子曰：「嗟乎，去讒、遠色、賤貨，然乎哉！」懷王貪而信張儀，儀之言曰：「臣善其左右靳尚，尚得事於楚王幸姬鄭袖，袖所言，無不從者。」宜屈子之死也夫！

屈子章句卷之一

浠川劉夢鵬雲翼氏訂
男 光鏌 光鑑 姪 光鑾 光銘 同校

離騷

屈子離於憂患而作者也。屈子之憂，不關屈子也。楚懷疏屈子而不用，有年矣。欺於秦，困於魏、韓，怒於齊，屈子蓋早卜夏丘蕪矣。孤臣孽子，心危慮深，宜其多憂也。夫楚懷不知憂而屈子獨憂之，屈子憂之而楚懷復不信之。於是幽愁憂思，白志行之潔清，傷讒妒之不意，陳已往之明驗，冀將來之反予。不悲此身之廢辱，猶望改求之得女，周流上下，淹留不可，遠逝不可，蜷局悲睨，而悵懷無益。其見於反復曲折之中，悲酸惻悱之言，温柔敦厚之意，蓋兼之矣，而要歸合道。情發而能止，則信乎「怨誹不亂」者也。舊本一篇，今分爲十二節。

帝高陽之苗裔兮，朕皇考曰伯庸。攝提貞於孟陬兮，惟庚寅吾以降。降，叶音洪。

楚祖高陽，屈氏，楚同姓。語詳紀畧。皇，尊美辭。父曰皇考。伯庸，原父字。太歲在寅曰攝提格。爾雅：「正月爲陬。」庚寅，日也。降，生也。言己生於寅年寅月寅日也。並詳紀畧。原之於楚，有貴戚之誼，無可去之道，呼天疾帝，號泣而隨，宜矣。

皇覽揆余于初度兮，肇錫余以嘉名。名余曰正則兮，字余曰靈均。覽，一作「鑒」。「余」下一無「于」字。

皇，皇考。揆，度也。初度，猶云初生時節。則，法也。以正爲則，平之義也。靈，善也。均者，善修廣治之意。廣平曰原，善修廣治，原之義也。原顧名思義而自釋如此。下文所謂依遺則、傷靈修，皆本此而言也。

紛吾既有此内美兮，又重之以修能。扈江離與辟芷兮，紉秋蘭以爲佩。紛音墳。下同。重，去聲。能，叶音尼。扈音户。辟音僻。紉音刃。佩，叶音皮。

紛者，不一之辭。内美，得於天。修能，盡於己。扈，被也。江離，蘼芎苗。芷，蘭茝根。秋蘭，葉大而澤。皆芳草。紉，索也。每稱芳草，寓言芳潔之意。

汩余若將不及兮，恐年歲之不吾與。朝搴阰之木蘭兮，夕攬洲之宿莽。汩音聿。搴音蹇。阰音毗。「攬」下一有「中」字。莽，叶音母。

汩，急疾意。搴、攬，皆取也。水邊小山曰阰。搴木蘭、攬宿莽，言己芳而益致其芳也。木蘭，一作「木欄」，桂類，即林蘭也。莽，通作「芒」，芒即葞，亦蘭屬，經冬不凋，故曰宿。爾雅無宿莽，疏據此以釋卷施草拔去其心不死者。愚按：離騷語有次第，此方自言其所性所學，志行芳潔，尚未及讒謗煩寃九死不悔之意，且通篇所稱率皆芳草，卷施非其類也。

右第一節，述懷芳也。余飾壯歟，芬其未沫，菉葹蕭艾不足論。蘭芷苟列，其如無實何？有此内美，重之修能，唯日不足之誠，千載下猶將見之，原幾賢聖徒矣。

日月忽其不淹兮，春與秋其代序。惟草木之零落兮，恐美人之遲暮。忽，一作

「㫚」。序，去聲。零，一作「苓」。

日月不淹，春秋代序，言時事漸晚之意。草木，蓋蘭芷椒桂之屬，指衆芳而言也。草木零落，即下文所云「百草不芳」。美人，即下之寓言無實、苟芳者。遲暮，是恐時俗流從，恐不能無變化也。

不撫壯而棄穢兮，何不改乎此度也。乘騏驥以馳騁兮，來吾[一]道夫先路也。乘，一作「乘」。馳，一作「馳」。下同。道，一作「導」。度、路二韻下，集注無二「也」字。

撫之爲言，愛也，護也。壯，則猶未零落者，即下余飾方壯之壯。穢，亂芳者。此度，即指不棄穢者而言。何不改者，怪而詰之之詞，爲蕪穢化茅者言也。騏驥，以喻賢者。因言王若能去駑駘，乘騏驥，來向乎道，則雖人不棄穢，而已實猶芳，道以先路，爲之前驅也。

昔三后之純粹兮，固衆芳之所在。雜申椒與菌桂兮，豈惟紉夫蕙茝。菌音郡，或從菌。惟，一作「維」，古通用。在，叶音紫。茝，一作「芷」。

雜，兼進也。椒，木實之香者。申，蓋地名。桂，芳木。禹貢「九江」傳曰「九曰箘江」，疑指箘地之桂。蕙，蘭草。茝，即蘭茝。言三后純粹，實賴衆賢輔之而成也。

彼堯舜之耿介兮，既遵道而得路。何桀紂之猖披兮，夫惟捷徑以窘步。猖，一作「昌」。披，一作「被」。

耿，光。介，大。猖披，恣行無約之意。言堯舜耿介。道者，正也。桀紂猖披，則異路之趨矣。

惟黨人之偷樂兮，路幽昧以險隘。豈余身之憚殃兮，恐皇輿之敗績。「惟」下一有「夫」字。隘，叶音益。殃，一作「怏」。

上官之屬，比周爲奸，故曰黨人。幽昧險隘，即捷徑窘步。言黨人誤國，己雖明知獨不勝衆，然宗社攸關，不敢畏禍而不爲也。

右第二節，懷君國也。美人遲暮，恐在人才。皇輿敗績，恐在宗社。屈子與同休戚，敢憚殃乎哉？人才者，皇輿之託也。捷徑窘步，尚其無爲黨人誤乎？

忽奔走以先後兮，及前王之踵武。荃不揆余之中情兮，反信讒而齌怒。奔，去聲。走音奏。先後，並去聲。荃，一作「蓀」。揆，一作「察」。中，一作「忠」。齌，一作「齊」，或作「齋」，一作「歘」。怒，叶上聲。

忽，急起之辭。奔奏先後，矯幽昧險隘而遵道也。荃，香草，時人彼此相謂之通稱，此蓋指不芳之蘭芷，化茅之荃蕙而言也。揆，猶察也。齌，炊餔[二]意。初若王不已怒，而若輩齌之也云爾。

余固知謇謇之爲患兮，忍而不能舍也。指九天以爲正兮，夫惟靈修之故也。舍，叶音戊。一「舍」、「故」下無二「也」字。一「故也」下有「曰黃昏以爲期兮，羌中道而改路」十三字，非是。蓋因九章之語重出在此，而「改路」二字偶異耳。

謇謇，忠謇貌。忍，含忍。舍，置也。謂恝而置之。正之爲言証也，質也。靈修猶言善修。言己明知謇謇之爲身患，然寧忍受讒妒，不能恝然舍置耿耿中情。九天可質，亦惟是善修自信之故，不敢因爲患而委美也。

初既與余成言兮，後悔遁而有他。余既不難夫離别兮，傷靈修之數化。遁，一作「遯」。他，叶音拖。一無「夫」字。數音朔。化，叶音訛。

數，屢也。化，變也。靈修數化，即蘭芷不芳、荃蕙化茅之意。難，猶畏也。離别，猶九章所謂離異。己與蘭芷荃蕙同志相約，厥後變節委美，悔遁有他。在余不難與彼離異，但時俗流從，善修不力，爲可傷耳。

余既滋蘭之九畹兮，又樹蕙之百畮。畦留夷與揭車兮，雜杜衡與芳芷。滋，一作「栽」。畮，叶音每。留夷，一作「藰荑」。揭，一作「藒」。衡，一作「蘅」。

滋，蒔也。九畹、百畮，極言其多。留夷，未詳。揭車，一名芞輿。杜蘅，俗名馬蹄香。並芳草。言己先滋培衆善，本欲以入事君，所謂三后純粹、衆芳所在也。○按：後第十一節「覽椒蘭其若茲兮，又況揭車與江離」，即此所云滋之樹之畦之雜之者。上文所謂荃，蓋此輩也。離騷一篇，於此三致意焉。

冀枝葉之峻茂兮，願俟時乎吾將刈。雖萎絶其亦何傷兮，哀衆芳之蕪穢。峻，一作「葰」。

冀，望。峻，長。刈，穫也，收取備用之意。萎絶何傷，己不避患也。衆芳蕪穢，靈修數化也。言己初滋培衆芳，冀其長盛，俟時進用，今靈修數化，萎而絶之，雖於己無傷，但哀衆芳委美，自取蕪穢也。

右第三節，惜羣芳也。己有靈修，己則念之；衆有靈修，願共守之。方俟時其將刈，忽悔遁而有他，時俗流從，伊於胡底？歲寒知松栢，原蓋深爲蕪穢者惜哉！

衆皆競進以貪婪兮，憑不厭乎求索。羌内恕己以量人兮，各興心而嫉[三]妬。以，一作「而」。婪音藍。索，叶音素。一無「己」字。量，平聲。興，一作「與」，非是。

競，争也。婪，貪也。楚人謂滿曰憑，言滿不知足，求索無已也。量，猶繩也，言衆人恕己而刻繩人。興，生也。

忽馳騖以追逐兮，非余心之所急。老冉冉其將至兮，恐修名之不立。

馳騖、追逐，奔競求進也。非余所急，則志趣不同矣。修，實修。無修則名不稱，故恐。

朝飲木蘭之墜露兮，夕餐秋菊之落英。苟余情其信姱以練要兮，長顑頷亦何傷。

英，叶音央。姱音誇。要，去聲。顑音喊。頷音欿。

姱，美也。練，簡也。要，道要。顑頷，飢困貌。言己恐修名不立，朝夕自勵，進務芳潔，誠得簡練，歸於道要，雖窮困不害也。

掔木根以結茝兮，貫薜荔之落蘂。矯箘桂以紉蘭兮，索胡繩之纚纚。薜音備。荔音例。蘂音壘。纚音徙。

掔，擥持也。木根，當作「木菌」，凡香木之名皆曰菌。薜荔，蔓生，花甚芳潔。矯，揉轉之也。胡繩，香草名。纚纚，索好貌。

謇吾法夫前修兮，非世俗之所服。雖不周於今之人兮，願依彭咸之遺則。服，叶音逼。

謇，即前所謂謇謇。前修，前賢之修。服，佩服。周，合也。彭咸，古賢人。遺則，謂志行可法。靈修雖傷數化，遺則實可師承。不周於今，則惟古是依而已。○按：王逸稱：「彭咸，商賢大夫。諫紂不用，投淵而死。」語簡而本末不詳。考之他書，彭咸諫紂不用，出奔耳。投淵之計，乃亡後不得已者之所爲。其殆有臣僕之憂者與！咸之爲人，雖不可詳，然即是二說，微亡箕辱，夷齊得死所，蓋兼之矣。夫有咸之志，可死可不死；無咸之志，死亦愈疏。忿懟者烏足法乎！屈子前後稱彭咸者凡六，志行之符，非小諒之效。子政水遊之云，亦泥於湛身之說，而非所以爲則矣。吾觀屈子驟諫不聽、任石無益之語，且若有不滿於申徒、伍胥者，而於彭咸獨惓惓焉，寧無謂耶？且此篇作於楚懷疏絀之日，未應便欲水遊，可知依則自有在也。

右第四節，慕前修也。修名欲立，顑頷何傷，遁我約言，難周今世，竊比於我老彭，原殆不懈而進於古者歟！

長太息以掩涕兮，哀民生之多艱。余雖好修姱以鞿羈兮，謇朝誶而夕替。艱，叶音勤。鞿羈，並音鷄。誶音粹。替，叶音秦。

民，猶人也，蓋泛爲自指之辭，下倣此。馬韁在口曰鞿，革絡頭曰羈，喻遭窮繫之意。誶，諫。替，黜。言晨進諫而暮見黜也。

既替予以蕙纕兮，又申之以攬茝。亦余心之所善兮，雖九死其猶未悔。纕音襄。一無「以」字，非是。悔，叶音止。

纕，佩帶也。言己雖見替，而芳修不變，以蕙爲纕，又申攬乎茝也。善，猶喜也。

怨靈修之浩蕩兮，終不察夫民心。衆女嫉余之蛾眉兮，謠諑謂余以善淫。蛾，一作「娥」，非是。諑音卓。以，一作「之」。

浩蕩，失據無守之貌。怨浩蕩，即傷數化意。察，知之深也。不察民心，謂浩蕩數化者不吾知也。衆女，喻黨人。蛾眉，好貌。謠諑，譖毁也。忠信被讒，猶美女見妬，故以爲比。衆芳苟列，既不相知，羣喙諑謠，又復見妬，原其窮矣哉！

固時俗之工巧兮，偭規矩而改錯。背繩墨以追曲兮，競周容以爲度。偭音面。

偭，背也。錯，置也。追，隨也。周容，苟合圓通之意。

忳鬱邑余侘傺兮，余獨窮困乎此時也。寧溘死以流亡兮，余不忍爲此態也。邑，一作「悒」。時，叶音誓。一無「也」字。以，一作「而」。態，叶音替。

忳，心不遂也。鬱邑，氣不舒也。侘傺，失志獨立之貌。自時俗工巧至此，本上怨靈修浩蕩，而自言不忍數化也。

鷙鳥之不羣兮，自前世而固然。何方圜之能周兮，夫孰異道而相安？圜，一作「圓」。周，一作「同」。安，叶音干。

鷙鳥不羣，喻小人不可與處也。一方一圓，必不能合，夫豈别有道可以相安者乎？

屈心而抑志兮，忍尤而攘詢。伏清白以死直[四]兮，固前聖之所厚。詢，一作「詬」。

抑，按也。攘者，去而不存諸心之謂。詢，詈也。人或詢己，攘而去之，不與校也。伏，隱存於中之謂。死直，以直道死也。厚，重許意。自鷙鳥不羣至此，本上衆女嫉余，而自言其任彼謡諑也。

右第五節，語固窮也。死而有所不悔也，困而有所不忍也。清白死直，前聖其許我矣！謡諑何傷，衆女焉能使余不善是哉？

悔相道之不察兮，延佇乎吾將反。回朕車以復路兮，及行迷之未遠。相，如字。

相道，謂道先路也。相道不察，則捷徑者誤之。將者，且然未然之辭。反，猶歸也。復路，歸路。行迷未遠，蓋以入世爲迷，出世爲悟者也。

步余馬於蘭皐兮，馳椒丘且焉止息。進不入以離尤兮，退將復修吾初服。離，通作「罹」。一無「復」字。服，叶音逼。

蘭皋、椒丘，羣芳所在。回車、復路，遊息椒蘭。進而不入，可以無尤，退而自治，可以遂初也。

製芰荷以爲衣兮，爨芙蓉以爲裳。不吾知其亦已兮，苟余情其信芳。爨，古「集」字。

芰荷爲衣，言其潔；芙蓉爲裳，言其美。修初服也。苟，誠也。

高余冠之岌岌兮，長余佩之陸離。芳與澤其雜糅兮，惟昭質其猶未虧。

岌岌，高峻貌。陸離，散亂光輝貌。澤，潤也。糅，合也。昭質，本體之瑩也。

忽反顧以遊目兮，將往觀乎四荒。佩繽紛其繁飾兮，芳菲菲其彌章。

延佇將反，故反顧而又遊目也。往觀四荒，則遊目之所及。佩繽紛、芳菲菲，蓋指蘭椒初服而言。

民生各有所樂兮，余獨好修以爲常。雖體解吾猶未變兮，豈余心之可懲。修，一作「循」。豈，一作「非」。可，一作「何」。皆非是。懲，叶音長。

懲，猶戒也。承上文言，雖反顧遊目可以遂初，但已好修爲常，禍殃不憚，豈真離尤是懲，遽生退心哉？回車之説，蓋假設之辭耳。

右第六節，語憂違也。先假言以自放，終决於義而知裁。雖體解吾猶未變，寧真畏離尤而不進哉？好修爲常，所樂在是，屈子殆安之歟！

女嬃之嬋媛兮，申申其詈予。曰：「鮌婞直以亡身兮，終然殀乎羽之野。予，叶音羽。野，叶音暑。

嬃，衆女相弟兄之稱。嬋媛，互相牽引之意。原蓋以比朝士大夫不成夫也。申申，猶聒聒。婞、悻通。舉世習爲軟媚，反譏守道端行爲婞直也。

汝何博謇而好修兮，紛獨有此姱節。薋菉葹以盈室兮，判獨離而不服。」謇，一作

「蹇」，非是。節，叶音即。服，叶音逼。

汝，女嬃謂原也。愽，取也。薋，蒺藜。菉，王芻。葹，枲耳。皆惡草。盈室，多貌。言汝何獨博取忠謇之名，好爲姱修美節乎？舉目皆穢，獨芳奚爲？無怪離異而不爲俗服也。

衆不可户説兮，孰云察余之中情。世並舉而好朋兮，夫何煢獨而不予聽？聽，叶平聲。

並舉、好朋，舉世皆然。夫何云者，不自解而自念之詞。原因女嬃之言而嘆己之有懷莫訴也。

依前聖以節中兮，喟憑心而歷兹。濟沅湘以南征兮，就重華而陳詞。以，一作「之」。

依前聖，即前依遺則之意。節，猶制也。無過不及之謂中。喟，嘆聲。憑，信也。歷，至也。憑心、歷兹，嘆其信心自姱以至纔廢也。沅、湘，二水名。重華，舜號。楚人廟祀於沅湘之南，故借此爲言，蓋寓言於王云爾。承上文言雖煢獨莫聽，而有懷欲白，不得不望重華而陳詞。原在楚懷之時，未曾遠遷，非如九章泝沅湘者之實有其事也。

「啟九辯與九歌兮，夏康娱以自縱。不顧難以圖後兮，五子用失乎家衖。難，去聲。衖，一作「巷」。

九辯、九歌，皆樂章名。啟賢能繼叙，述神禹功德，被之金石者也。夏康，太康也。畋洛弗返，窮羿距之於河。五子，太康弟。衖，宫中衖道。羿距太康，五子奔洛汭，失家衖也。

羿淫遊以佚畋兮，又好射夫封狐。固亂流其鮮終兮，浞又貪夫厥家。固，一作「國」，非是。鮮，一作「尠」。家，叶音姑。

羿既距太康，立仲康而相之。仲康崩，子相立，羿遂篡相自立，日淫於畋，其臣寒浞娱羿於射而殲之窮門。厥家，羿室也。浞殺羿，遂因羿室。

澆身被服强圉兮，縱欲而不忍。日康娛而自忘兮，厥首用夫顛隕。服，一作「於」，「欲」下亦有「殺」字，非是。而，一作「以」。夫，一作「以」。一無「夫」字。顛，一作「巔」。

澆，浞因羿室所生者。被服，襟帶之謂。强，通作「疆」。疆圉，猶云邊圉。指浞處澆於過，而言澆佚娛自縱，卒爲夏后少康所誅。

夏桀之常違兮，乃遂焉而逢殃。后辛之葅醢兮，殷宗用之不長。用之，一作「用而」。

違，與道背也。遂，遂非不悛之意。逢殃，謂敗亡。后辛，紂也。梅伯諫紂，紂殺梅伯，醢之以賜諸侯。殷紂暴虐，葅醢特其甚者耳。宗，宗祀。

湯禹儼而祗敬兮，周論道而莫差。舉賢才而授能兮，循繩墨而不頗。儼，一作「嚴」。差，叶音戈。一無「才」字。循，一作「修」，非是。頗，叶音波。

儼，莊慤貌。頗，偏也。言三代之興，皆由敬慎小心，任賢圖治也。

皇天無私阿兮，覽民德焉錯輔。夫維聖哲之茂行兮，苟得用此下土。之，一作「以」。

民，人也。錯，舍置也。輔，相也。茂行，盛德也。苟，誠也。用，猶有也。言天無私阿，其錯其輔，亦視人之德何如耳。茂行有德者，故天輔之，得有此下土也。

瞻前而顧後兮，相觀民之計極。夫孰非義而可用兮，孰非善而可服？」相，去聲。服，叶音逼。

上下古今，觀其興亡，而爲之計，其終極未見有德不興，敗德不亡者。夫孰非義而可用、非善而可服者乎？以理言曰義，以行言曰善。以上皆所陳之詞。

阽余身而危死兮，覽余初其猶未悔。不量鑿而正枘兮，固前修以葅醢。「死」下一有「節」字。正，一作「進」。量音良。鑿音漕。枘，而鋭切。醢，叶音毀。

鑿，穿物而爲之空者；枘，削物而入於空者也。不量所鑿之大小而正枘入之，必不得之數。喻己與世不合也。固，堅守也。言己雖與世不合，而固守其修，不避菹醢也。此因陳辭而旋自念其如此。

曾歔欷余鬱邑兮，哀朕時之不當。攬茹蕙以掩涕兮，霑余襟之浪浪。曾，一作「增」。當，平聲。覽，一作「擥」，一作「擥」。浪，叶音郎。

茹，柔愞也。言己雖不避阽危，不辭菹醢，而生非其時，又未嘗不念自傷也。

右第七節，切陳詞也。興亡在德，天聽不遠。衆不可户説，將嘿而息乎？煢獨不聽，余請於帝矣。垂涕而道，固不覺其音之楚也。

跪敷衽[五]以陳辭兮，耿吾既得此中正。駟玉虬以椉鷖兮，溘埃風余上征。正，叶音征。虬，一作「虯」。鷖，一作「翳」。溘，一作「壒」。

耿，著也。虬，龍類。鷖，鳳類。溘，疾逝貌。上征，至帝所也。|原蓋以帝所寓言君側耳。言己既陳辭，即欲上征。必陳辭而後上者，先通言而後進。雖欲進之切，仍守難進之義也。

朝發軔於蒼梧兮，夕余至乎縣圃。欲少留此靈瑣兮，日忽忽其將暮。縣音玄，一作「懸」。少，一作「息」，非是。瑣，一作「璅」。

軔，搘輪木也。蒼梧，山名，在崑崙東南。縣圃，仙臺名，在崑崙第二重。瑣，鎖闥也。縣圃登之則靈，故稱靈瑣。崑崙三重，最上一重是維上天，是爲太帝之居。原欲上征者，欲上至太帝之居。下文所爲開關，即其處也。縣圃近帝闕而尚未至者，故不敢少留，恐日暮不及上征也。

吾令羲和弭節兮，望崦嵫而勿迫。路曼曼其脩遠兮，吾將上下而求索。勿，一作「未」，非是。迫，叶音必。曼，一作「漫」。索，叶音式。

羲和，堯時賓日、餞日之官，世俗以爲日御。崦嵫，山名，在鳥鼠司穴山西南，下有虞泉，爲日入處。迫，近之也。言令羲和緩御，勿迫崦嵫，恐日遂入也。索，求之力也。言己在縣圃，將欲上征，不憚修遠，馳驅上下而求帝所在也。

飲余馬於咸池兮，揔余轡於扶桑。折若木以拂日兮，聊逍遥以相羊。逍遥，一作

「須臾」。

咸池、扶桑，日所出也。若木，在東海，説者以爲日在其上。拂，擊也。言己飲馬搃轡，早發而征，折木擊日，使速曙，己得行也。逍遥、相羊，皆從容求索之意。

前望舒使先驅兮，後飛廉使奔屬。鸞皇爲余先戒兮，雷師告余以未具。屬，叶音樹。皇，一作「鳳」。余先，一作「我前」。余，一作「我」。

望舒之稱月御，亦猶羲和之稱日御，皆時俗有此名耳。飛廉，風神。戒，備駕也。雷師，喻有權力者。言己使望舒爲驅，飛廉爲屬，鸞皇備駕，將欲上征，而雷師不欲，以未具謝之，阻其上征也。

吾令鳳鳥飛騰兮，繼之以日夜。飄風屯其相離兮，帥雲霓而來御。霓，一作「蜺」。御，叶音迓。

屯，聚也。離，麗也。鳳鳥飛騰，以鸞皇前戒而言。繼之日夜，以望舒先驅而言。飄風離，雲霓御，以飛騰奔屬而言。原言雷師雖告未具，而已仍欲上征也。

紛總總其離合兮，班陸離其上下。吾令帝閽開關兮，倚閶闔而望予。時曖曖其將罷兮，結幽蘭而延佇。下，叶音户。予，叶音羽。罷音皮。

總總，不定貌，班、斑通，文貌。曖曖，日暮無光也。閶闔，在崑崙最上一重，太帝之門。帝閽，太帝門官。令者，自此以言致彼之謂。望，猶待也。言己在縣圃，求至帝所，因嘆上征之難，離合不定；而垂佩陸離，上下求索，令其開關待予，終須一遇，予將延佇乎望之也。吁！帝所非不可至，帝亦非必棄予，無如帝閽不開，故帝幾絕望於予，而予終不得至帝所耳。人君耳目蔽於近習，上下暌絕，而其所謂忠者不忠，賢者不賢矣，可不懼哉！

右第八節，思上征也。邈矣閶闔，遐哉幽蘭，須般遇疏，誰爲爲之？彼倚望其徒勞，我延佇將焉訴？未嘗不爲原廢書而嘆。

世溷濁而不分兮，好蔽美而嫉[六]妬。朝吾將濟於白水兮，登閬風而緤馬。忽反顧以流涕兮，哀高丘之無女。姤，叶音暮。閬音郎。緤音薛，一作「絏」。馬，叶音母。

溷，亂也。白水，出崑崙山。閬風，亦仙臺。西爲縣圃，北爲閬風，登閬風，即至縣圃之變文耳，近高丘者。緤，繫也。高丘即淮南子所稱最上一重丘，太帝之居，原所欲上征開關者。女，美女，比賢者。臣之事君，猶女之事夫。正士入朝見忌，猶之美女入宫見姤。溷蔽既深，昏迷難破，於是不復思上征矣。北濟白水，緤馬閬風，聊自娱憂。然貞淑見妒，君側無人，每一反顧，又未嘗不爲之流涕也。

溘吾遊此春宫兮，折瓊枝以繼佩。及榮華之未落兮，相下〔七〕女之可詒。佩，叶音皮。相，去聲。詒，如字。

春宫，仙苑之稱，蓋若縣圃、閬風之類。緤馬閬風，遊春宫也。瓊枝繼佩，厲芳修也。及榮華之未落，即後余飾方壯之意。下女，即虙妃娀女之類，對高丘而言，故曰下。詒，告也。言高丘無女，將爲下女告也。

吾令豐隆乘雲兮，求虙妃之所在。解佩纕以結言兮，吾令蹇脩以爲理。虙，一作「宓」。在，叶音紫。

虙妃，神女，寓言高蹈之賢。纕，佩帶也。求虙妃而結言者，求同志而商出處之義。蹇脩，古良媒。理，達其情也。原哀高丘無女，欲令人爲虙妃作之合，蓋不以己之廢黜爲憂，而以國之得人爲望，可謂公而忘私者矣。

紛摠摠其離合兮，忽緯繣其難遷。夕歸次於窮石兮，朝濯髮於洧盤。緯繣，一作「歊憻」。盤，叶音延。

緯繣，乖違也。遷，猶轉也。蓋結言虙妃，方欲爲理，而離合乖違，勢不可轉也。窮石，地名。洧盤，水名。夕歸朝濯，即下淫遊之意。

保厥美以驕敖兮，日康娛以淫遊。雖信美而無禮兮，來〔八〕違棄而改求。敖，平聲，一作「驁」，一作「傲」，並非是。

驕，馬驃逸不受控制也。敖，遊也。淫遊，遊不止也。信美，自信其美。無禮，謂驕敖淫遊，放於禮法也。來，猶致也。違棄，不合也。言女貞不字，媒亦徒勞，於是又將改求他下女矣。

覽相觀於四極兮，周遊乎天余乃下。望瑶臺之偃蹇兮，見有娀之佚女。相，去聲。下，叶音户。佚，一作「妷」。

四極，猶云四方。春宫，天仙之府，故亦曰天。偃蹇，臺高貌。佚，美也。有娀佚女，指簡狄，亦下女之一。虙妃違棄，於是又求佚女也。

吾令鴆爲媒兮，鴆告余以不好。雄鳩之鳴逝兮，余猶恐其佻巧。好，如字。雄，一作「鳩」。巧，叶音稾。

改求佚女，亦不可無媒以作之合，於是偏求一可爲佚女媒者。鴆，毒鳥，比小人。言已初不意其爲鴆，欲令爲佚女媒，而鴆告余以佚女不好，不作之合，反沮毁之，小人之不可托以事也。雄鳩鳴逝，比遠引高蹈者。佻巧，輕薄意。鳴逝實非佻巧，原見其翛然色舉，不爲女媒，故責其佻巧，而若惡之也云爾。

心猶豫而狐疑兮，欲自適而不可。鳳皇既受詒兮，恐高辛之先我。詒，一作「詔」，非是。

言鴆既不可爲媒，鳩又不肯爲媒。狐疑無策，欲自往爲佚女作合，而自分言不見信，終於義不可也。鳳皇，寓言薦賢爲國者。高辛，寓言求賢輔國者。言有此佚女，而我令鴆鳩，人詒鳳皇，竊恐佚女不爲我有矣。諷王不及時用賢，賢將早爲他人用也。不敢斥言王。故曰先我。

欲遠集而無所止兮，聊浮游以逍遥。及少康之未家兮，留有虞之二姚。集，一作「進」。非是。

緯繣既難爲理，受詒又恐先我，高丘將終於無女矣。故己不忍自疏，聊自逍遥也。因爲迫切之詞曰及少康之未家，留此有虞之二姚，幸無再爲他人得也。二姚亦下女之一。

理弱而媒拙兮，恐導言之不固。世溷濁而嫉賢兮，好蔽美而稱惡。惡，叶去聲。

理，即蹇脩爲理之理。弱，辭不力也。拙，術不善也。

閨中既已[九]邃遠兮，哲王又不悟。懷朕情而不發兮，余焉能忍而與此終古。

閨中，猶言宫中。君門萬里，天聽難聰，懷情鬱邑，無所控告，不能長與處也。

右第九節，哀無女也。衆芳穢矣，蔽美其若之何？數化者咎爾流從，媒拙者怨予理弱，宜爲高丘惜哉！鴆毒鳩巧，有因而至，溷濁不分，又於蹇脩乎何尤？

索藑茅以筳篿兮，命靈氛爲余占之。曰：「兩美其必合兮，孰信修而慕之？藑，一作「瓊」。筳音廷。篿音專。二「之」字叶。

藑茅，靈草。筳，小折竹也。楚人結草折竹以卜，曰「篿」。靈氛，占者。理弱媒拙，導言不固，計無所施，求占以決疑也。曰者，託爲靈氛之言。靈氛言兩美必合，今誰信之慕之？無怪原之懷情不發也。

思九州之博大兮，豈惟是其有女？」曰：「勉逝而無狐疑兮，孰求美而釋女？」一無「狐」字。二女，如字。一説「釋女」之「女」作「汝」，非是。

是，指此處而言。言九州博大，美女尚多，不獨虙妃、佚女、二姚而已。復加「曰」字者，既答復言也。釋，舍也。又言原當勉而往求，孰是有意求美者，明知有女顧舍而置耶？

何所獨無芳草兮，爾何懷乎故宇？世幽昧以昡曜兮，孰云察余之善惡。宇，一作「宅」。善，一作「美」。宇，如字。惡，去聲。善惡，一作「中情」，非是。

此所謂「爾」，原自爾也。原因靈氛之言，猛然自省曰：「何所無芳？爾何不勉逝求之，而兀兀與此終古乎？」眩，目無主也。善惡，猶云好惡。因言余之好惡，自有灼鑒，世未必我察也。

民好惡其不同兮，惟此黨人其獨異。户服艾以盈要兮，謂幽蘭其不可佩。要，同「腰」。其，一作「之」，一作「兮」。佩，叶音備。

承上文而言，余之好惡，人所不察；人之好惡，余尤不解。艾不芳而好之者衆，蘭芳而惡不爲佩，何所無芳，無怪久爲世溷也。

覽察草木其猶未得兮，豈珵美之能當。蘇糞壤目充幃兮，謂申椒其不芳。一無「覽」字。猶，一作「獨」，非是。目，古「以」字。

珵，美玉。草木香臭，尚不能知，豈復能辯美玉乎？蘇，取也。幃，縢也。喜糞壤而惡申椒，幽昧眩曜，大都如此。

右第十節，勖旁求也。生才實難，晨星相望，果多乎哉？雖然，何所薰芳，幽昧眩曜者自覺少耳。即二姚之不留，幸九州之有女，無爲兀守故宇，悵美子也。

欲從靈氛之吉占兮，心猶豫而狐疑。巫咸將夕降兮，懷椒糈而要之。要，平聲。

巫咸，神巫。降，降神。椒糈，椒目也。椒目芳，故懷以要神。蓋欲從靈氛，而疑不能決，又將質之於神也。

百神翳其備降兮，九疑繽其並迎。皇剡剡其揚靈兮，告余以吉故。疑，一作「嶷」。迎，叶音御。

翳，即蔽。言百神乘翳而下也。九疑，山名。山九峯，峯各有神。繽，神紛來貌。迎，見其來而迎之也。皇，皇神。剡剡，光也。揚靈，靈氣發揚之謂。言百神咸降，剡剡靈光，以吉來告也。

曰：「勉陞降以上下兮，求榘矱之所同。湯禹儼而求合兮，摯咎繇而能調。調，叶音逢。

曰，巫述神之詞。勉陞降以上下，即靈氛勉逝之意。求榘矱所同，共守遺則者也。摯，伊尹名。調，猶合也。

苟中情其好脩兮，又何必用夫行媒。説操築於傅巖兮，武丁用而不疑。一無

「又」字。

言中情好脩，精誠感格，足於己而信於人，何用行媒乎？蓋因前蹇脩、鴆、鳩之言，以寬其意，而勉之者也。傅說、武丁，臣好脩而不行媒者。

呂望之鼓刀兮，遭周文而得舉。甯戚之謳歌兮，齊桓聞以該輔。

呂望窮困，鼓刀而屠，西釣渭濱，文王舉之。甯戚飯牛，叩角商歌，桓公聞之，用爲客卿。該，備也。此二子亦好修而不行媒者。

及年歲之未晏兮，時亦猶其未央。恐鶗鴂之先鳴兮，使夫百草爲之不芳。其，一作「而」。鶗，一作「鵜」，非是。一無「夫」字，一無「爲」字。

央，盡也。鶗鴂，鵙也，秋分鳴則衆草芳歇。言原宜及時往求，不可狐疑失時也。託爲巫咸述神之言止此。

何瓊佩之偃蹇兮，衆薆然而蔽之。惟此黨人之不諒兮，恐嫉妒而折之。折，叶音逝。

以下設爲對神之語也。薆，蒙蔽意。折，摧殘意。蔽之，則已溷折之患斯至矣。

時繽紛以變易兮，又何可以淹留？蘭芷變而不芳兮，荃蕙化而爲茅。以，一作「其」。茅音矛。

繽紛，變易貌。言時事變易，習俗移人。中材以下多不自持，即前所云靈脩數化也。

何昔日之芳草兮，今直爲此蕭艾也。豈其有他故兮，莫好修之害也。一無「蕭」字。一無二「也」字。

蕭，蒿屬。莫，無也。言此羣芳中變，實由近日好尚倒置而然。

余以蘭爲可恃兮，羌無實而容長。委厥美以從俗兮，苟得列乎衆芳。

言己先以蘭與己同類，豈知無蘭之實，而徒襲其貌。今且自棄厥美以從俗，則其先貌爲蘭者，不過苟且列於衆芳，而非真能芳者，又何可恃乎？

椒專佞以慢慆兮，樧又充〔十〕夫佩幃。既干進而務入兮，又何芳之能祗？慢，一作「謾」，一作「漫」。慆，一作「謟」。夫，一作「其」，非是。而，一作「以」。

樧，椒屬。言椒變爲專佞慢慆，而其屬又希容苟合，充乎佩幃，干進務入，如此尚復以爲芳而敬之乎？

固時俗之流從兮，又孰能無所變化。覽椒蘭其若茲兮，又況揭車與江離？化，叶音訛。離，叶音羅。

揭車、江離，其芳本不及椒蘭，今椒蘭且變若此矣，又況其下者乎？

惟茲佩之可貴兮，委厥美而歷茲。芳菲菲而難虧兮，芬至今猶未沬。之，一作

「其」。「菲」下「而」一作「其」。「芬」下一有複出「芬」字。沬，叶音枚。

沬，昏意。言芳佩可貴，衆棄其美已至如此，幸己昭質不虧，至今未沬，差可自信耳。自瓊佩偃蹇至此，因百草不芳之言，愈嘆靈修之化也。

和調度以自娱兮，聊浮游而求女。及余飾之方壯兮，周流觀乎上下。下，叶音户。

和調，猶言調和。度，法也。調和法度，聊以自娱，雖處窮困，守正俟命也。浮游，徘徊相羊之意。聊浮游以求女，原亦爲高丘計耳。及余飾之方壯，榮華未落，周流觀乎上下，下女可詒。哀之切，故理之急，區區之誠，洵非得已。此答何用行媒之言也。

右第十一節，嘆媒勞也。靈修化矣，美女安在？不令媒乎，如高丘何？欲爲媒乎，如鴟鳩何？余飾方壯，周流上下，未嘗一日忘之。

靈氛既告余以吉占兮，歷吉日乎吾將行。折瓊枝以爲羞兮，精瓊靡以爲粻。一無「吉」字。行，叶音杭。

歷，擇也。將行者，往求女也。靡、糜通，米屑也。

爲余駕飛龍兮，雜瑤象以爲車。何離心之可同兮，吾將遠逝以自疏。

瑤，玉。象，齒。車飾也。駕飛龍，雜瑤象，備此車馬往求也。方欲往求，因嘆彼此離心，難以强同，求之無益，猶九歌所謂「心不同兮媒勞」也。遠逝自疏，即前欲遠集之意，言求而不來，已亦將從此逝矣。

邅吾道夫崑崙兮，路修遠以周流。揚雲霓之晻藹兮，鳴玉鸞之啾啾。「揚」下一有「志」字，非是。

邅，轉也。道，由也。己將遠逝自疏，而心實繫念，故仍轉而遵夫崑崙也。稱崑崙者，因前高丘、縣圃而言。晻藹，陰貌。啾啾，鸞鳴聲。

朝發軔於天津兮，夕余至乎西極。鳳凰翼其承旂兮，高翺翔之翼翼。翼，一作

「紛」。之，一作「而」。

天津，析木津，直崑崙峯。西極，西方之極。淮南子曰：「西方之極，自崑崙絶流沙。」承，接也。言鳳凰回翔其上，其翼與車旂相承接也。翼翼，舒翅端好貌。

忽吾行此流沙兮，遵赤水而容與。麾蛟龍以梁津兮，詔西皇使涉予。

流沙，在崑崙西。赤水，出崑崙，近流沙。容與，徘徊貌。西皇，少皥也。言己行此。流沙難渡，乃以蛟龍爲津梁，而詔西皇涉己也。崑崙、流沙在西，故即西皇爲言。

路修遠以多艱兮，騰衆車使徑待。路不周以左轉兮，指西海以爲期。待，叶音持；一作「持」，非是。

修，亦遠也。騰，行貌。徑，猶路也。言流沙艱阻，西皇我涉，而衆車騰躑前渡，故使待己於途也。路之爲言行也，謂道之也。不周，崑崙正北方門。左轉，由不周西轉也。崑崙之山，實臨西海。

屯余車其千乘兮，齊玉軑而並馳。駕八龍之蜿蜿兮，載雲旗之委蛇。軑音地。

屯，聚也。千乘，後車多也。軑，車棺。蜿蜿，曲屈變動貌。雲旗，以雲爲旂。委蛇，長舒貌。

抑志而弭節兮，神高馳之邈邈。奏九歌而舞韶兮，聊假日以媮樂。「抑」上亦有「聊」字。弭節，一作「自弭」。神高馳，一作「邁高也」。邈，叶音莫。假，一作「暇」，一作「瑕」，非是。

抑志，按止其心，無自急也。弭節，從容緩進也。邈邈，神馳遠邈。九歌，禹樂。韶，舜樂。言己方遠逝周流，而古音希夷，神思飄忽。假日、自媮，蓋極言周流之樂，以起下文反顧之悲也。

陟陞皇之赫戲兮，忽臨睨夫舊鄉。僕夫悲余馬懷兮，蜷局顧而不行。一無「陟」字。戲，一作「曦」。悲，一作「思」。行，叶音杭。

陟，升也。陞皇，天也。赫戲，光明貌。睨，邪目視之也。不忍正視，故相睨。舊鄉，郢也。言己因美女不來，遠逝自疎，而周流上下。臨睨舊鄉，悲懷難禁，不忍前行也。不曰己悲，而曰僕夫悲；不曰己懷，而曰馬懷。僕猶如此，何況於己？馬猶如此，何況於人？蜷局，詰屈不行貌。

右第十二節，從女逝也。離心難同，巧媒何益？飛龍瑶象，其遂乘此車馬來歟！棄予不顧，余亦將從此逝矣。雖然，女即不來，我將焉往？長楸隕涕，遠集何止？僕歟，馬歟，其亦解原意者乎！

亂曰：「已矣哉！國無人兮莫我知兮，又何懷乎故都。既莫與〔十二〕爲美政兮，吾將從彭咸之所居。」一無「哉」字。「人」下一無「兮」字。

亂，卒章也。此承前節之意，而反言以結之。言雖臨睨舊鄉，蜷顧不行，而國既無人，又莫知己，悲懷無益，惟有遂初練要，求仁得仁，以從彭咸之所處而已。孔云「竊比」，孟稱「願學」，志趣依歸，各有私淑。彭咸所居，豈赴清泠之謂哉！

【校勘記】

〔一〕吾，原作「無」，據集注端平本改。
〔二〕炊餔，原作「吹餔」，據集注端平本改。
〔三〕嫉，原作「疾」，據集注端平本改。
〔四〕直，原作「真」，據集注端平本改。
〔五〕衽，原作「社」，據集注端平本改。
〔六〕嫉，原作「疾」，據集注端平本改。
〔七〕下，原作「一」，據集注端平本改。
〔八〕來，原作「求」，據集注端平本改。
〔九〕已，集注端平本作「以」。
〔十〕又充，集注端平本作「又欲充」。
〔十一〕莫與，集注端平本作「莫足與」。

屈子章句卷之二

浠川劉夢鵬雲翼氏訂
男 光鎮 光鑑
姪 光鑾 光銘
同校

九歌

原既遭放廢，西浮運舟，漢北南指，泝流沅湘，睠懷楚國，不忘欲返。於是託於歌咏，賦比興以道達己志。東皇太一，表忠愛之情也。東君，致必雝之旨也。雲中君，思賢達之遇也。湘君，告語同志待時後圖也。司命，諷喻朝賢，悲所志之不酬，或冀倖於萬一也。河伯，傷寥寂也。山鬼，遺所思也。國殤，痛楚兵挫，哀死事，語慎戎也。禮魂，諷隆禋祀、和神人也。其詞婉，其意曲，怨而不怒，思而不淫，二雅之變音乎！

東皇太一

比也。東皇，東方之帝太皞也。太一，天帝别名。東皇者，五帝之首。太一者，天神之尊。比人君也。臣之事君，猶人之奉帝，其尊無對，故以二尊神名篇。

吉日兮辰良，穆將愉兮上皇。撫長劍兮玉珥，璆鏘鳴兮琳琅。鏘，一作「鎗」。琅音郎。

吉日、辰良，卜日齋戒，敬其事而不敢忽也。穆，淵穆。愉，悦也。上皇，東皇太一之摠稱。珥，劍鐔也。璆鏘，玉聲。言上皇容淵穆而意愉悦，劍佩從容也。

瑶席兮玉瑱，盍將把兮瓊芳。蕙肴蒸兮蘭藉，奠桂酒兮椒漿。揚枹兮拊鼓，疏緩節兮安歌，陳竽瑟兮浩倡。瑱，一作「鎮」。蒸，一作「承」，一作「烝」。枹，一作「桴」。倡，通作「唱」，叶音昌。

布席而壓之，以玉曰瑱。盍，合也。將，進也。把，持也。蒸，芳氣遠達也。藉，祭藉也。皆言備致羣芳，以迓神也。既迓神至，於是作樂以康之。拊，擊也。鼓，所以節歌。疏，希也。鼓疏緩，故歌得安。浩，大也。

靈偃蹇兮姣服，芳菲菲兮滿堂。五音紛兮繁會，君欣欣兮樂康。姣，一作「妖」。

此摠結上文之意。靈，神靈。偃蹇、姣服，猶離騷所謂瓊佩偃蹇，此則指神而言。霏霏，芳氣浮動之貌。偃蹇姣服，以劍珥璆鏘言也；芳霏滿堂，以蕙蘭桂椒言也；五音繁會，以拊鼓陳瑟言也。君，上皇也。於是爲之祝曰「君欣欣其樂康乎」，蓋願望之情深矣。

右歌一

東君

比也。前篇既以臣之事君猶人之奉帝，而以東皇太一爲比矣。此篇復申其未盡之旨，而致屬望之情，以見己之期於上者賒矣。日者，君象。記曰「大明生於東」，故以東君名篇。○此與前篇大旨畧同，而情更苦。前篇之末曰「君欣欣兮樂康」，猶頌禱而詞舒。此篇之末曰「杳冥冥兮以東行」，則自愴而節益促矣。舊本此篇在司命之下，今次第二。

暾將出兮東方，照吾檻兮扶桑。撫余馬兮安驅，夜皎皎兮既明。明，叶音芒。

暾，日始出晌物貌。撫余馬，原將往迎東君也。皎皎既明，東君出也。

駕龍輈兮乘雷，載雲旗兮委蛇。雷，叶音纍。

言東君之出，以龍爲輈，以雷爲乘，以雲爲旗，而又委蛇舒徐也。

長太息兮將上，心低佪兮顧懷。羌聲色兮娱人，觀者憺兮忘歸。低，一作「徘」，一作「儃」。懷，叶音規。聲色，一作「色聲」。

太息者，思慕切而感慨生也。顧懷，顧東君而懷思。聲，劍佩鸞和之聲。色，光輝宣著之色。皆指東君而言。猶前歌所謂璆鏘琳琅者也。觀者，原自謂。憺，悦也。

緪瑟兮交鼓，簫鐘兮瑶簴。鳴䶵兮吹竽，思靈保兮賢姱。翾飛兮翠曾，展詩兮會舞。緪，一作「絙」。䶵，通作「箎」。姱，叶音户。曾，與䎖同。

緪，急張絃也。瑟，樂器有絃者。鐘與簫應，曰簫鐘。簴，鐘架，以瑶飾之。䶵、竽，並樂器，管吹之屬。靈保，神保也。翾飛、翠曾，皆舞狀。展詩，歌也。會舞，舞也。言極歌舞以迎神也。與前篇揚枹拊鼓數句同意，然彼以康神，而此以迎神也。

應律兮合節，靈之來兮蔽日。節，叶音即。

應律，歌之善也。合節，舞之善也。靈之來兮蔽日，言東君來，君輿從盛也。

青雲衣兮白霓裳，舉長矢兮射天狼。操余弧兮反淪降，援北斗兮酌桂漿。降，叶平聲。

長矢，天矢也。天狼星，在西宫咸池，蓋寓言秦也。弧，天弓。淪，没也。降，下也。言天狼應弦而没，不經天也。酌桂漿，寓言飲至策勳之意。此言東君來而己屬望頌禱如是也。嗚呼！報怨雪耻，原何日忘之哉！

撰余轡兮高駝翔，杳冥冥兮以東行。一無「駝」字。行，叶音杭。

此遥接篇首撫馬安驅而結言之，言己屬望東君雖是如此，又未知此行遇合何如，杳杳冥冥，不能自定也。

右歌二

雲中君

比而興也。雲中君，謂雲神。易曰「雲從龍」，比賢達從王得時有爲者，而因以興己之勞思也。故以雲中君名篇。

浴蘭湯兮沐芳，華采衣兮若英。靈連蜷兮既留，爛昭昭兮未央。英，叶音央。

浴蘭沐芳，比賢者祓濯芳潔也。采衣若英，比賢者道德光華也。皆指神而言。連蜷，變動屈曲貌。留，言神降而暫留於此。爛，神降有光也。未央，猶言未已。

蹇將憺兮壽宫，與日月兮齊光。龍駕兮帝服，聊翺遊兮周章。蹇，一作「謇」，非是。

蹇，不行貌。憺，安也。壽宫，神所留之處。服，乘也。周章，猶言徘徊。言神留，昭昭其光，直可與日月相比；一旦龍駕帝服，神即從之，與共翺遊，徘徊周歷，不復在壽宫矣。

靈皇皇兮既降，猋遠舉兮雲中。覽冀州兮有餘，横四海兮焉窮。思夫君兮太息，極勞心兮忡忡。

承上文而言，方降留壽宫，而得時即駕，猋舉雲中。流覽九州，横騰四海，大布光華也。獨言冀州者，禹貢：「九州，冀爲之首。」夫君，雲中君。猶記所謂「夫夫」也。忡忡，憂心貌。蓋念賢達之得時，而憂己身之羈羈也。

右歌三

湘君

比而興也。以湘君比賢者也。原必嘗薦賢於王，而王不能用。原放在沅湘，故即近地之神爲比，而興之以諷曉王。○按：湘君，洞庭山神，亦稱湘夫人，乃天帝之二女。處江爲神，即列仙傳所載江妃二女也。江湘之有夫人，猶河洛之有虙妃耳。鄭康成、劉向輩據秦博士對，謂二女爲堯女、舜妃。郭璞曾非之矣：「帝后不應降稱夫人。湘川無秩於命祀，帝后配靈神祇，又不當下爲小水之神。參互其義，義既混錯；錯綜其理，理無可據。斯不然也。」博物志：「洞庭君山，帝二女居之，曰湘夫人。」則二女皆可稱夫人。荆州圖經：「洞庭，湘君所遊，故曰君山。」則二女又皆稱君。稱君、稱帝子，皆統稱之詞。乃一歌前後二篇耳，王逸正妃、次妃尊卑之説非是。

君不行兮夷猶，蹇誰留兮中洲？美要眇兮宜修。要，一作「幼」。眇與妙同。「宜」上一有「又」字。

君，湘君。夷猶，舒徐貌。蹇，不行貌。要眇，窈窕貌。宜之爲言稱也。修，飾也。宜修，言其修飾停稱。皆極言湘君之美，以比賢人也。

沛吾乘兮桂舟，令沅湘兮無波，使江水兮安流。

沛，發動。舟，往迎湘君也。無波、安流，則已得鼓櫂往迎矣。以喻己求賢爲國，欲致之王所也。

望夫君兮未來，吹參差兮誰思。參差，一作「篸箑」。思，叶音腮。

夫，語辭。君，湘君。參差，洞簫也。其形參差不齊，故名。言己方沛舟往迎，尚未即來，沿途迢望而吹參差，思湘君之至也。誰思云者，蓋思結於中而爲自叩之詞云爾。

駕飛龍兮北征，邅吾道兮洞庭。薜荔拍兮蕙綢。蓀橈兮蘭旌。望涔陽兮極浦，横大江兮揚靈。邅，上聲。拍，一作「柏」，並音搏。綢音叨。蓀，一作「荃」。旌，一作「旍」。此句之上或有「乘」字，或有「承」字，或有「采」字，「旌」或作「旗」，皆非是。

言己迎湘君，而湘君果來也。飛龍，湘君所乘之舟。湘水在洞庭西北，蓋湘君駕舟，將北泝湘沅，及見己之迎，遂轉向洞庭來也。邅，轉也。拍，搏也。綢，纏也。言己薜荔拍龍舟之壁板，而又用蕙纏於舟所，建之旌首，致其芳也。橈，楫也。涔陽浦，在江陵郢中。言湘君轉舟洞庭，將來郢而先望也。欲抵涔陽浦，故由洞庭入江。揚，發也。靈，靈爽。喻賢者發揚光輝之意。

揚靈兮未極，女嬋媛兮爲余太息。横流涕兮潺湲，隱思君兮陫側。側，叶音即。

極，盡也。揚靈未極而忽生悲慨者，蓋必有不合而思去，如下文所謂心不同、恩不甚者也。女，湘君下女。不言湘君而言女者，猶不直稱其人而稱其左右之意。嬋媛，女態。君，湘君。陫側，逼迫難安之貌。爲余太息，湘君不自悲而悲我。思君陫側，己不自悲而悲湘君。淪落之感，彼此同之者也。

桂櫂兮蘭枻，斲冰兮積雪。采薜荔兮水中，搴芙蓉兮木末。心不同兮媒勞，恩不甚兮輕絶。枻，叶音泄。末，叶音蔑。

桂櫂、蘭枻，往迎之舟。斲冰、積雪，謂陰寒冰凍，舟不得前。斫斲層冰，紛如積雪，往迎之難也。薜荔本緣生木石，而偏欲采於水，芙蓉即芙蕖，本水草，而偏欲搴於木，無怪迎湘君而不能留也。甚，至也。心不同，故恩不甚。媒，原自謂。媒勞、輕絶，傷己迎致之徒勞，而湘君終於不偶也。

石瀨兮淺淺，飛龍兮翩翩。交不忠兮怨長，期不信兮告余以不閒。淺，叶音箋。閒，叶音賢。

淺淺，水疾流貌。翩翩，舟遠逝貌。言湘君去也。湘君既去，反怨我之迎爲相欺，且責以所要之不信，而謝以有故，不得閒在此也。

鼂騁騖兮江皋，夕弭節兮北渚。鳥次兮屋上，水周兮堂下。鼂與朝同。騁音逞。下，叶音户。

騁騖、弭節，湘君去而游息自休之意。鳥次屋上，水周堂下，則江皋、北渚闃静無人之景也。

捐余玦兮江中，遺余佩兮澧浦。采芳洲兮杜若，將以遺兮下女。旹不可兮再得，聊逍遥兮容與。澧，一作「醴」。

捐，謂投而贈之也。玦，玉佩。澧浦，即北渚。君騁江皋，我將投玦。君弭北渚，我將遺佩。惜其别而贈之也。芳洲，衆芳叢生之所。杜若，芳草。下女，湘君侍女。既贈湘君，又遺下女，欲致其情且寄語。時難再得，聊自逍遥可已。

右湘君前篇

帝子降兮北渚，目眇眇兮愁予。嫋嫋兮秋風，洞庭波兮木葉下。予，叶音與。下，叶音户。

帝子，湘君也。眇眇，目微睇貌。承前篇，言湘君弭節北渚，若回顧而愁予也。嫋嫋，風摇木貌。言帝子既去，已捐玦遺佩，江皐、澧浦，徘徊迢望，而秋風脱葉，寒濤觸岸，滿目凄其，不能爲懷之甚。

登白薠兮騁望，與佳人期兮夕張。鳥何萃兮蘋中，罾何爲兮木上。一無「登」字。薠，一作「蘋」，非是。「佳」下一無「人」字。張，叶音帳。一作「期夕張」。一無二「何」字，非是。「蘋中」之「蘋」，一作「薠」，與上「薠」字互訛耳。

薠，藻類，古人用以祭者。騁望，遠望也。夕，暮祭。張，設祭品也。承上文，言帝子既去，猶愁念己，而己亦無日不思帝子，於是登薠於俎，陳祭於夕，復與帝子爲期。蘋，青蘋，生湖澤，雁所食也。罾，魚網有機者。凡以罾取魚，必架機於木上而拽之。鳥集蘋中，罾引木上，則騁望所見。蓋本望帝子，而淼淼北渚，但見堂下之水，漁子揭罾，屋上之鳥，湖蘋自啄，則帝子不來之景也。無聊相詰，騁望徒勞而已。

沅有芷兮澧有蘭，思公子兮未敢言。慌惚兮遠望，觀流水兮潺湲。芷，一作「茝」。澧，一作「醴」，非。慌惚，一作「荒忽」。

芷、蘭，比德也。公子，泛指所思賢者。蓋原必有所思之人，故上方以湘君寓言，而於此又質言之。曰思公子也未敢言，懷情不敢發也。既不敢言，惟有臨流遠眺，觀水潺湲而已。

麋何爲兮庭中，蛟何爲兮水裔。朝馳余馬兮江皋，夕濟兮西澨。爲，一作「食」。

麋，鹿類。麋在庭中，比小人在朝。蛟，龍類。裔，水邊際也。蛟有水則神立，失水則廢。蛟在水裔，比君子失所。朝馳、夕濟，即行吟澤畔之意。

聞佳人兮召予，將騰駕兮偕逝。築室兮水中，葺之兮荷蓋。「荷」上一有「以」字。蓋，叶音既。

佳人，謂湘君也。言己行吟澤畔，忽聞佳人相召，將往從築室以居。荷蓋，以荷爲蓋，取其潔也。

蓀壁兮紫壇，匊芳椒兮成堂。桂棟兮蘭橑，辛夷楣兮葯房。罔薜荔兮爲帷，擗蕙櫋兮既張。白玉兮爲鎮，疏石蘭兮爲芳。芷葺兮荷屋，繚之兮杜衡。蓀，一作「荃」。壇，叶音唐。匊，古播字，一作「播」。成，一作「盈」。罔與網同。擗，一作「辟」，一作「擘」。櫋音綿。「玉兮」、「蘭兮」下皆有「以」字。鎮，一作「瑱」。「葺」下一有「之」字。衡，叶音杭。

紫，紫貝。匊，布也。橑，檐也。辛夷，芳草。楣，棟下横木。葯，白芷葉。罔，結也。帷，屋幔。擗，折也。櫋，聯也。以玉壓席曰鎮。疏，陳也。石蘭，亦芳草。繚，繞也。杜衡，即杜若。以上皆言水中之室，荷蓋既潔，復備羣芳也。

合百草兮實庭，建芳馨兮廡門。九嶷繽兮並迎，靈之來兮如雲。

百草，謂諸芳。廡，堂下屋。此二句總上蓀壁十句而言。如雲，言諸神至也。自佳人召予至此，皆言己往從湘君，築室建芳，並迎羣神，相聚一堂，以自娱憂也。皆設爲無聊之語耳。原蓋以羣神比高蹈之賢，騰逝爲偕隱之喻。嗚呼！豈原之所敢出哉？故終不往而仍遺遠者，勸其俟時如下文云云也。

捐余袂兮江中，遺余褋兮澧浦。搴汀洲兮杜若，將以遺兮遠者。時不可兮驟得，聊逍遥兮容與。者，叶音虎。

褋，襜襦也。捐袂、遺褋，謂投贈衣襦，以誌相依之意也。遠者，指湘君。以其遠去，故稱遠者。蓋以聞召欲往而義終不可，故不往而間遺湘君，勉其從容俟時也。

右湘君後篇

右歌四

司命

興而比也。湘君，告在野者也。司命，告在朝者也。原雖在放，而一時舊人猶有未盡廢替者。故託於司命起興，瑶華、秋蘭爲比，以諷朝賢焉。○按：史記天官書「斗魁戴匡六星曰文昌宫」，「其四曰司命，五曰司中」，周禮「以槱燎祀[一]司中司命」，即指此。風俗通曰「今民間獨祀司命」，「大尊重之」，或謂虛北司空星兩兩相比者即司命，與史記不合。鄭疏引星傳謂「上臺爲司命」，是又以上臺星近文昌而誤者也。司命亦一歌二篇，與湘君同。舊大司命、少司命一屬上臺星，一屬文昌宫者，謬。

廣開兮天門，紛吾乘兮玄雲。令飄風兮先驅，使凍雨兮灑塵。乘，去聲。塵，叶音墳。

紛，多貌。吾乘，猶詩所謂我車、我馬、我旟之類，指司命車乘而言。飄風先驅，凍雨灑塵，言司命命駕辟除也。

君迴翔兮以下，踰空桑兮從女。紛總總兮九州，何壽夭兮在予。下，叶音户。女、汝通。予，叶音與。

君，即司命。空桑，山名。先驅灑塵，於是司命出矣。迴翔，則出時從容顧盼之狀。下謂自帝所來雲際也。從女，謂己欲從司命至帝所也。且言己若得從贊襄司命，總總九州，何壽何夭，在予而已。此原自任之重也。隋巢子曰「司命益年而民不夭」，故以壽夭爲言。

高飛兮安翔，乘清氣兮御陰陽。吾與君兮齊速，導帝之兮九坑。清，一作「精」。齊，一作「齋」，非是。坑，叶音岡。

乘清氣，以清氣爲乘。御陰陽，以陰陽爲御。皆指司命而言。與，猶從也，即上文所謂從女。己從司命，整齊疾速，奉引天帝，佐以壽民，周乎宇内，所謂壽夭在予者也。九坑，九州。

靈衣兮被被，玉佩兮陸離。壹陰兮壹陽，衆莫知兮余所爲。被，叶音披。

被被，衣動貌。靈衣被被，謂司命也。玉佩陸離，原自謂。皆齊速導帝時衣佩然也。一陰一陽，調爕和同，使無愆伏，斯夭札不作。此壽世之事，其功微妙，故衆莫知己所爲也。

折疏麻兮瑶華，將以遺兮離居。老冉冉兮既極，不寖近兮愈疏。華，叶音敷。寖，一作「浸」。愈，一作「踰」。

疏麻，神麻。瑶華，玉英。即離騷紉蘭蕙、折瓊枝之意。遺，持贈之謂。言己志潔行芳，將欲持贈，而放廢離居，年既老而不得近也。因上文，借從司命爲言，而忽自嘆其如此。

乘龍兮轔轔，高馳兮冲天。結桂枝兮延竚，羌愈思兮愁人。轔，一作「軨」。冲，一作「翀」。天，叶音汀。

此承上文離居愈疏之意，復借司命爲言，而嘆其不能也。轔轔，車聲。乘龍冲天，司命去也。結桂延竚，則己不得從矣，能無愁乎？

愁人兮奈何，願若今兮無虧。固人命兮有當，孰離合兮可爲？可，一作「何」，「可」上一有「不」字，皆非是。

當，猶受也。言己雖愁苦，其奈之何哉？惟自守其常，無虧其素而已。至遇合與否，乃壽夭所關，天下民命，實受之行止，非人所能爲也，安之而已，又何怨乎？此則質言以結之。

右司命前篇

穐蘭兮麋蕪，羅生兮堂下。綠葉兮素枝，芳菲菲兮襲予。夫人兮自有美子，蓀何以兮愁苦？穐，古秋字。麋，或從草。下，叶音户。予，叶音與。夫音扶。

秋蘭、麋蕪、蓀，皆以芳草比在野諸同志也。夫人，泛指斯人。美子，猶云美人。承前篇愁思而言。天下民命，宜有賢達者任其事。凡我同志，何自愁苦爲也？然則結桂延佇，不獨己愁，而同志亦愁之矣。

穐蘭兮青青，綠葉兮紫莖。滿堂兮美人，忽獨與予兮目成。

目成，謂注目視之。上言不獨己愁，而同志亦愁。此言不獨己欲從往，而同志亦與己同注目於司命也。

入不言兮出不辭，乘回風兮載雲旗。

辭，亦言也。出入無語，司命亦何視我輩落寞乎？乘風、載雲，司命之高飛安翔，則得矣。

悲莫悲兮生別離，樂莫樂兮新相知。

別離，指放流而言。上句原自謂，下句謂在朝者。

荷衣兮蕙帶，儵而來兮忽而逝。夕宿兮帝郊，君誰須兮雲之際。帶，叶音帝。

荷衣、蕙帶，指秋蘭之屬言也。儵來、忽逝，言此輩高潔自尚，致之甚難，一不得當即去之矣。與湘君歌石瀨淺淺數句同意。夕宿帝郊，謂司命日夕在帝所也。君，指司命。誰須云者，問之之詞。言君日夕帝郊，正可及時牖悟開曉，乃不言不辭，長此迴翔，意欲何待乎？

與女沐兮咸池，晞女髮兮陽之阿。望美人兮未徠，臨風怳兮浩歌。女、汝通。「咸」下一有「之」字。池，一作「沱」，並叶音咜。

女，謂司命也。此承前篇吾與君兮齊速而言。沐咸池、晞陽阿者，將至帝所而致潔盡敬也。望，回顧也。言己從司命，與沐與晞，方欲導帝，而回顧滿堂美人未徠，臨風懷思，浩歌相招，冀偕至也。

孔蓋兮翠旍，登九天兮撫彗星。竦長劍兮擁幼艾，蓀獨宜兮爲民正。旍，一作「旌」。「孔」上有「揚」字。竦，一作「慫」。正，叶音征。

孔蓋，以孔雀翅飾蓋。翠旍，以翡翠羽爲旍。皆美人車飾也。彗，除舊布新之象。滿堂美人，齊登九天，將除舊布新，焕然改觀也。竦長劍，舞貌。幼艾，美人少好也。擁者，美人同至，劍舞相擁之意。爲民正，謂美人可爲人取法，壽世者之大助也。

右司命後篇

右歌五

河伯

興也。原泝流上下，思歸未得，窮途寂寥，故託於與河伯遊以起興。○按：四瀆河爲長，故水神河伯爲尊。原在沅湘而稱與河伯遊，借尊者以爲辭也。

與女遊兮九河，衝風起兮横波。乘水車兮荷蓋，駕兩龍兮驂螭。女、汝通。衝一作「泝」。横，一作「水揚」二字。螭，叶音羅。

女，河伯也。原人放沅湘，遥遥潏潏，無可與語，故呼河伯而告之曰「吾與女遊」也。九河，河之下流。衝風、横波，風起水湧也。水車，舟也。己與河伯並駕，故曰兩龍。

登崑崙兮四望，心飛揚兮浩蕩。

崑崙，河源也。飛揚，散亂飄忽之意。浩蕩，壙遠難揖也。原言己與河伯下遊九河，上窮河源，遂登崑崙之墟，躊躇四顧，心神飄忽，凛乎不可久留，與離騷「陟陞皇而睨舊鄉」同意。蓋言己不能久與河伯遊，以爲悵懷思歸起興也。

日將暮兮悵忘歸，惟極浦兮寤懷。懷，叶音規。

極浦，即湘君歌涔陽極浦，蓋小水，別通入郢之處也。忘，失記也。在放日久，失記歸路，而小水通舟，時切寤懷，不忘欲返也。

魚鱗屋兮龍堂，紫貝闕兮珠宫，靈何爲兮水中？堂，叶音同。珠，一作「朱」。

魚鱗屋，謂魚鱗之族在其屋。龍堂，謂龍螭之屬列其堂。以紫貝爲外闕，以美珠飾内宫，皆言河伯水中之居如是。靈，河伯也。何爲云者，迎河伯而告之，問何爲久此水中不與余遊乎？

乘白黿兮逐文魚，與女遊兮河之渚，流澌紛兮將來下。子交手兮東行，送美人兮南浦。一無「文」字。魚，叶音雨。下，叶音户。

乘，原乘之。逐，追隨也。文魚，則河伯之侍列，所謂魚鱗在屋者也。渚，水涯。澌，水流有聲也。子，指河伯。交手，作別也。美人，亦稱河伯之辭。按：河圖馮夷稱夫人，廣雅謂河伯是爲馮夷，是河伯本有夫人之號，故原又稱之爲美人也。原言河伯不來，已往追隨，適至河渚，而水流有聲。河伯作別，蓋言河伯不能久與己遊，以爲泝流孤棲起興也。

波滔滔兮來迎，魚隣隣兮媵予。迎，叶音御。予，叶音與。

隣隣，鱗次雜遝貌。媵，伴送意。波、迎、媵，極言己在沅湘寥寂無偶之象。

右歌六

山鬼

賦而興也。辰沅洞庭之間，其地多山，故賦其所在以起興。山鬼，山神也，如山海經所載諸山神之類。神通謂之鬼。

若有人兮山之阿，被薜荔兮帶女蘿。蘿，一作「羅」。

阿，山曲隅也。鬼神難以名狀，故曰若有。

既含睇兮又宜笑，子慕予兮善窈窕。善，一作「譱」。窕，叶音眺。

含睇，微視貌。宜笑，微笑意。子，謂山鬼。窈窕，即指含睇、宜笑而言也。予，原自謂。原遭讒妒，舉世無知，故於此借山鬼之慕以起興。

乘赤豹兮從文狸，辛夷車兮結桂旗。被石蘭兮帶杜衡，折芳馨兮遺所思。余處幽篁兮終不見天，路險難兮獨後來。來，叶音釐。

赤豹，原自乘。文狸，山鬼所乘。原意山鬼慕己，故乘赤豹以從之。車、旗、被、帶，備致羣芳，原自比芳潔也。所思，即下文所云公子。原必有所指，然不知誰何。原從山鬼迤路折采芳馨以遺所思，欲告以情也。「余處幽篁」二句，則遺芳而告所思者之辭，言天以寓言於王，「獨後來」者，羈鞿不得速來相從也。

表獨立兮山之上，雲容容兮而在下。杳冥冥兮羌晝晦，東風飄兮神靈雨。留靈修兮憺忘歸，歲既晏兮孰華予。下，叶音户。一無「東」字，而再有「飄」字。予，叶音與。

容容，雲布貌。山勢高峻，故己立於上而見雲布於下也。雲布，故晝晦而雨多。山中諸神出入，雲護而雨亦隨之，故曰神靈雨。皆極狀山中寥寂之境也。留，猶存留，數化之反辭。靈修，解見離騷。憺，悦樂也。華，猶美也。言己雖處窮僻而美修不替，亦可樂此忘歸，當此歲晏芳歇，孰是以己爲美而必冀返乎？思之之至，而故爲是絶望之詞云然耳。

采三秀兮於山間，石磊磊兮葛蔓蔓。怨公子兮悵忘歸，君思我兮不得閒。蔓，莫干反。閒，叶音閑。

三秀，芝草。采三秀，本前折芳馨而言。磊磊，多石貌。蔓蔓，草糾結貌。本前路險難而言。公子，即所思者。君，即指公子。言己在山中采芳相遺，石磊葛蔓，險難萬狀，己亦人情，豈真憎而忘歸哉？亦怨公子之不我憐，而悵而忘歸耳。任吾窮極，毫不爲理，今顧自謂思我乎？我正在此不得閒也。憂思切激，若爲怨辭，豈真不閒哉？

山中人兮芳杜若，飲石泉兮蔭松柏。君思我兮然疑作。柏，叶音博。

山中人，原自謂也。言山中之人飲石泉，蔭松柏，更有何事不閒，特患君未必思我耳。君果思我乎？令我將信將疑，若不敢强。皆心切思歸、猜疑不決之情。

靁填填兮雨冥冥，猨啾啾兮狖夜鳴。風颯颯兮木蕭蕭，思公子兮徒離憂。靁，一作「雷」。狖，一作「又」。蕭，叶音捜。

狖，猨類。言山中風風雨雨，啾啾猨哀，蕭蕭木落，祇增忉怛。縱君之思我，或不敢必。而已則無日不思公子，豈真怨公子哉？亦徒益離憂而已矣。〇此章纏綿悱惻，屈曲盤旋，更爲婉摯，讀者尤宜深玩。

右歌七

國殤

賦也。自原放後，貪忿速禍，連年用兵，戰士野死，暴骼橫屍。原誠痛之，故賦其事以諷喻焉。嗚呼！無主之鬼謂之殤，祭弔不至，精魂何依？人命至重，兵凶戰危，可不慎歟！

提吴戈兮被犀甲，車錯轂兮短兵接。提，一作「操」。吴，一作「吾」，利楯名也。接，叶音匝。

吴人善爲戈，故曰吴戈。犀甲，以犀皮爲甲。提戈、被甲，往戰也。車錯、兵接，初戰也。

旌蔽日兮敵若雲，矢交墜兮士争先。先，叶音論。○大戰也。

凌余陣兮躐余行，左驂殪兮右刃傷。陣，當作「陳」。行，叶音杭。

凌，犯也。躐，躪亂相軼之意。驂，驂馬也。右，車右，主擊刺者。凡率戰，御者居中，左者射，右者致師入壘，折馘執俘而還。凌陣、躐行，將敗也。驂殪、右傷，大敗也。

埋兩輪兮縶四馬，援玉枹兮擊鳴鼓。埋，一作「霾」。馬，叶音母。

輪埋、馬縶，勢不利戰；而鼓音不絶，猶欲索戰，死而無悔者也。

天時懟兮威靈怒，嚴殺盡兮棄原壄。懟，一作「墜」，一作「隧」。壄，古野字，叶音措。

言好戰實干天怒，故天假手於敵，盡殺乃已。以上言戰士之所由以死。

出不入兮往不返，平原忽兮路迢遠。忽兮路，一作「路兮忽」。

出多不還，迢遥遠征，嘆戰士之苦也。

帶長劍兮挾秦弓，首雖離兮心不懲。誠既勇兮又以武，終剛强兮不可凌。弓，叶音經。

秦人善爲弓，故曰秦弓。懲，戒也。心不懲，所謂「不忘喪其元」者也。勇，以氣言；武，以技言。剛在心，强在力。嘆戰士之勇也。

身既死兮神以靈，魂魄毅兮爲鬼雄。雄，叶音形。

此遥接上「嚴殺」句，而嘆息之詞。言其人死亦當爲鬼之雄也。○善戰者服上刑，奈何驅無罪之民而速之死乎？讀屈子此篇，其亦可以惻然矣。天懟、神怒，蓋警之也。

右歌八

禮魂

賦也。國之大務，惟祀與戎。國殤諷慎戎戰也，禮魂語敦祀典也。

盛禮兮會鼓，傳芭兮代舞，姱女倡兮容與。春蘭兮秋鞠，長無絶兮終古。鞠、菊同。

禮，如陳牲薦幣之類。禮備而後樂作，故會鼓。鼓，所以節歌舞者也。「芭」，通作「葩」，華蕚也，即下文蘭菊之類，巫持之以舞者也。代者，彼此更進迭舞之謂，代舞故芭傳。女，女覡。容與，歌緩合節也。四時皆祭，獨稱春秋，錯舉之詞。春蘭、秋菊，祀事孔明，則神和民福，國祚靈長，無絶終古矣。

右歌九

卷二終

【校勘記】

［一］原「祀」下衍「祀」字，據周禮删。

屈子章句卷之三

浠川劉夢鵬雲翼氏訂
男 光鎮 光鑑 姪 光鑾 光銘 同校

卜居

居者何？心之所安，事之所處者也。屈子賦性忠貞，操履純固，自持已定，寧待決著龜哉？爲此語者，蓋蔽障於讒，忠信無以自白，因託於與詹尹問答，而終借詹尹之口以自道己意耳，非真疑而求決也。然深味其語意，則可謂貞於遇者，甯武子愚不可及，屈子亦若是焉已矣！

屈原既放，三年不得復見，竭智盡忠，而蔽障於讒，心煩慮亂，不知所從。乃往見太卜鄭詹尹，曰：「余有所疑，願因先生決之。」詹尹乃端筴拂龜，曰：「君將何以教之？」一無「而」字。慮，一作「意」。一無「乃」字。一無「將」字。

稱屈原者，原將設爲問答，先自稱己姓字，古人詞賦有此體也。太卜，掌卜筮之官。鄭，姓。詹尹，名。筴所以筮，龜所以卜。

屈原曰：「吾寧悃悃款款樸以忠乎？將送往勞來斯無窮乎？

以性情問也。悃悃，樸貌。款款，忠意。寧，願辭。將，疑辭。寧如此信而安之也，將如彼疑而詰之也。下倣此。

寧誅鋤草茆以力耕乎？將遊大人以成名乎？以行止問也。

寧正言不諱以危身乎？將從容富貴以媮生乎？媮音偷。

正言不諱，悃悃款款也。從容富貴，送往勞來也。此承前四句問也。

寧超然高舉以保真乎？將哫訾慄斯、喔咿嚅唲以事婦人乎？哫，一作「促」。慄，一作「栗」。斯，一作「斯」。嚅唲，一作「儒兒」。並非是。

以言求媚曰哫，以言相毁曰訾。媚此毁彼，小人之情也。慄，色懼貌。㘸，心怯貌。氣奪神怖，小人之形也。喔，煩噪有聲。咿，强笑自解。多言而諂笑也。嚅，囁嚅不成語。兒，嘔兒如嬰兒。應和縮縮，無侃論也。數者皆强顏事人者之情狀。高舉保真，誅鋤力耕也。哫訾慄㘸、喔咿嚅兒，遊説成名也。此承後四句問也。

寧廉潔正直以自清乎？將突梯滑稽、如脂如韋以絜楹乎？滑音骨。

突梯，猶云唐梯。戲家謂之翻空梯，屈曲蜿蜒，比小人柔骨曲折之狀。滑稽，流酒器轉注吐酒，終日不已，比小人利口捷給之意。如脂，言其滑。如韋，言其柔。謂突梯滑稽者如此也。絜，比也。楹，廟楹。謂絜長短於廟楹之上。廉潔正直，悃樸之忠也。誅鋤力耕，有自清之意矣。突梯滑稽，則送往勞來，遊大人者之意耳。此承上四段之意而問之。

寧昂昂若千里之駒乎？將氾氾若水中之鳧，與波上下，聊以全吾軀乎？昂，一作「卬」。「氾氾」下一有「乎」字，非是。

此下三段，又設比爲問也。

寧與騏驥亢軛乎？將隨駑馬之迹乎？

騏驥亢軛，千里之駒也。反是則駑馬矣。此承昂昂千里句反復問也。

寧與黄鵠比翼乎？將與鷄鶩争食乎？

黄鵠比翼，非水鳧所得比。鷄鶩，則亦鳧之類矣。此承氾氾水鳧句反復問也。

此孰吉孰凶？何去何從？

總上而言。

世溷濁而不清，蟬翼爲重，千鈞爲輕；黄鐘毁棄，瓦釜雷鳴；讒人高張，賢士無名。吁嗟默默兮，誰知吾之廉貞！」

蟬翼至輕，而以爲重；千鈞至重，而以爲輕。不明可知也。黄鐘鉅聲，而反令毁棄；瓦釜細响，而聽其争鳴。不聽可知也。默默，獨喻也。讒人得志，賢人晦迹，誰有知己者乎？蓋既歷告詹尹，終復自嘆，而傷其如此。

詹尹乃釋策而謝曰：「夫尺有所短，寸有所長，物有所不足，智有所不明，數有所不逮，神有所不通。用君之心，行君之意，龜策誠不能知此事。」「釋」字下疑脱「龜」字。明，叶音芒。通，叶音光。「知」下一無「此」字。

此蓋託爲詹尹之言，以自信而自勉者也。尺有所短，長材受屈，繩之者以爲不足也。寸有所長，小善中意，悦之者以爲有餘也。凡物不無缺陷，智者不能知其故。時數亦有偶窮，鬼神不能解其緣。窮達通塞，何容心乎？亦惟自遂初心，無隳始志而可已。卜以决疑，此不必卜也。原真安命達天者哉！

卷之三終

屈子章句卷之四

浠川劉夢鵬雲翼氏訂
男光鑣 光鑑 姪光鑾 光銘 同校

天問

天人之故微乎哉！余讀洪範休咎徵，未嘗不嘆消息相與，不爽毛髮，呼之若隨聲，何其近也！及觀孤臣放子涕落號旻昊者，影響不之應，則幾疑天積氣耳，何與人世善不善？嘻！天人果遠乎哉？人即天也，善言天者必有驗於人。屈子以忠貞之性，洞達之胸，頗能近道；而聞見富夥，熟復世變，悲厥狂愚，爰跡已事，用申質訊。凡夫參差不齊之故，事理違合之端，無可解，實無不可解，乃引而不發，令人自悟，不質言而若疑難焉。天者，理而已。呼天問之，直據理問之而已。舊本一篇，今分爲八章。

曰：遂古之初，誰傳道之？上下未形，何由考之？

曰，發問辭也。遂古，往古。上下，謂天地。

冥昭瞢闇，誰能極之？馮翼惟像，何以識之？

冥昭瞢闇，天地未闢，昏明相雜之意。極，猶窮也。馮翼，氤氳浮動之貌。像，對形而言。形實而像虛，淮南子所謂「未有天地，惟像無形」，亦此意。

明明闇闇，惟時何爲？陰陽三合，何本何化？化，叶音歸。

有明有闇，昏明漸判之象。誰爲爲之？穀梁子曰：「獨陰不生，獨陽不生，獨天不生，三合然後生。」天，即太極。太極其本，二氣其化。何之爲言，蓋深味其故，而若不敢質言之辭。

圜則九重，孰營度之？惟兹何功？孰初作之？

三合而化行，化行而象著。圜天，體也。則，語辭。九重者，日月五星高下次第之數也。月距地最近，爲下一重，而水，而金，而日，而火，而木，而土，而列宿，最上爲宗動。曆家推測，蓋猶有祖此法者。原承上文何本何化而以成象之故問也。

斡維焉繫？天極焉加？八柱何當？東南何虧？斡音管，一作「筦」。加，叶音基。

斡，旋運也。維，天四維。極，南北極。加，著也。八柱，八方山鎮。當，猶值也。虧，不足也。素問曰「地不滿東南」，蓋天開於子，地闢於丑，天依地，地附天，陰陽既化，象形斯著，故問天遂及地也。

九天之際，安放安屬？隅隈多有，誰知其數？

際，邊也。放，至也。屬，附也。隅隈，角也。天開地闢，而地在天中，天氣舉之，氣之旋轉，無復有涯，誰知其數乎？

天何所沓？十二焉分？日月安屬？列星安陳？分，叶音篇。陳，叶音田。

因天地而問及日月星辰也。沓，前後相蹙合貌。十二，自子至亥十二辰。屬，繫也。陳，布也。天，積氣耳。日月星辰，亦積氣中之有光曜者。自然之氣，運旋不息，非有蹙合連疊之形，而十二分之，日月繫之，列星布之，果何故也？

出自湯谷，次於蒙汜。自明及晦，所行幾里？湯音陽，一作「暘」。汜音似，上聲。

湯谷，即暘谷，日所出也。蒙汜，即爾雅所謂大蒙，日所入也。天文家以周天赤道一百七萬四千里，日一晝夜一周。此亦測之者如是云耳，恐天未可以道里求也。此專以日問也。

夜光何德，死則又育？厥利維何，而顧菟在腹？菟與兔同。

夜光，月也。德，德之也。育，生也。月明盡爲死，明生爲育。明者，陽也。魄者，陰也。陰陽消長，故有生死。大約五晝夜不足，月光纔當一陽之數；歷十五日不足，而三陽備明，大圓；望後陰生陽死，亦歷十五日不足，而陽盡死，有魄無明。月之有明，猶人之有魂。魂之聚散，明之生死，理氣自然之故，太極之效。原蓋有見於此，故問其當何所德也。利，猶功也。月之照臨，功莫大矣，而或者顧謂其中爲兎乎？顧，反語辭，此專以月問也。

女歧無合，夫焉取九子？伯强何處？惠氣安在？夫音扶。在，叶音紫。〇女，神女。無夫而生九子，朱子疑以爲若姜嫄、簡狄生稷、契之類，理或有之，蓋人類之種也。伯强，厲氣之神。惠，順也，和也。此及下文以生死晝夜之故問也。蓋乾坤既定，而化育行焉。故神女無合而生子，絪緼之妙，神於無方也。厲氣至則百物札瘥，和氣至則羣生阜昌。二氣鼓鑄，又孰能明其故哉？

向闔而晦？何開而明？角宿未旦，曜靈安臧？明，叶音芒。臧與藏同。開，闢也。角，東方宿名，日之所出。曜靈，日也。易曰：「闔户謂之坤，闢户謂之乾。」寒暑者，一歲之闔闢也。晝夜者，一日之闔闢也。陰陽闔闢，是成晝夜。而一闔一闢，有其然，必有所以然。方其闔也，明於何往？方其闢也，明於何來？故問其安藏也。陰生於陽，陽伏乎陰，一陰一陽，互爲其根，其曜靈之藏乎！〇人之魂，陽也；魄，陰也。晦明之故，通於夢覺，人方夢未覺，蘧然若喪，其時若無魂，然非無魂也，魂藏魄中耳。知乎此，可以語曜靈之藏。

右第一章。古今如此其多故也，耳目及者尠焉。原其初，無物也。無物有物，則造物之爲乎？造物者造大物，大物造百物，百物各自造物，而大物於是乎不寧，豈朝夕之故哉？碩然果蓏，忽焉破矣。吉凶禍福，所爲多也。人事有得失，即氣數有盛衰，迭消迭長，權輿有自。屈子因溯大始，以本人事，而見夫天地之所以生，日月之所以明，陰陽化育、晝夜生死之所以運旋而不息者。來也以漸，成焉不毀，萬古詄蕩，百族繁興，於是神者位育其中，凡者蠕息於內，惠廸從逆，勞彼聽視，乃可得而言矣。故下文遂言人事。

不任汩鴻，師何以尚之？僉曰何憂，何不課而行之？汩音骨。師，一作「鮌」，非是。或曰「不」字上有「鮌」字。尚，叶音常。曰，一作「答」。行，叶音杭。

開闢之後，神聖迭興。杳乎尚已，莫或詳焉。近而可稽者，斷自唐虞。始當堯之時，洚水昏墊。堯獨憂之，於是咨岳敷乂，而四岳薦鮌。不任，不足任其事也。汩，水濫貌。鴻，洪通，水大也。師，四岳及羣臣。尚，舉也。言鮌本不足任治水之事，師何爲而舉之乎？僉，衆也。課，試也。下二句述四岳舉鮌之辭，即書所謂「試可乃已」者也。

鴟龜曳銜，鮌何聽焉？順欲成功，帝何刑焉？聽，叶平聲。

鴟龜，龜鳴如鴟，蓋鴞龜之類。銜，馬銜，馬首龍身而一角。二物皆水怪也。曳，舞動貌。順，猶遂也。欲，謂堯欲之。言神奸水怪，鮌何聽之而不能制乎？若遂其欲而成厥功，當不至有羽淵之刑矣。

永遏在羽山，夫何三年不弛？伯禹復鮌，夫何以變化？一無「山」字。弛，叶音施，一作「施」。復，一作「腹」。化，叶音歸。「何」下有一「故」字。

弛，釋其禁也。鮌放羽山，三年而死。復，修其業也。書曰「既修太原」，蔡傳以爲因鮌之功而修之者也。變化，猶云變易。鮌堙而禹疏，是爲變易其術。

纂就前緒，遂成考功。何續初繼業，而厥謀不同？

此承變化復鮌之意而言也。

洪泉極深，何以寘之？地方九則，何以墳之？朱子曰：「泉當作淵。」寘與填同，叶音根。則，一作「刑」。墳，一作「僨」，非是。

則，如「咸則」之則。九則，謂品節其壤之上、中、下，成九等也。墳，高起。言禹順水性之自然，決川距海，而汜濫者去，平土可居，昔之深洿，可宮可田，若或寘而墳之者然，蓋極形容之辭云爾。

應龍何畫？河海何歷？一作「河海應龍，何畫何歷」，朱子曰：「失韻，非是。」畫，叶音績。

黄帝時有蒼龍、應龍，禹治水時亦有應龍。蓋古者以龍紀官，應龍疑古治水之官，後或遂以爲氏。彼以神物疑之者，妄也。畫，策也。歷，至也。言應龍佐禹，不知有何畫贊，而八年於外，脛骨不毛，明德之遠，雖不棄羣策，而實獨任憂勤，爲已至矣。

鯀何所營？禹何所成？康回憑怒，墜何故以東南傾？墜，通作「地」。一無「以」字。

鯀之所營，惟在於堙。禹之所成，實緣於濬。一順一不順也。康回，共工名。憑，猶盛也。康回傃其悍塞，擁遏百川，隮高闉卑，率方輿而潮陷之。而東南之傾，歸物於下，則自然之故，不能反易。禹之成功，因而疏之，行所無事者也。

九州安錯？川谷何洿？東流不溢，孰知其故？安，一作「何」。洿音户。

言今日九州何以繡錯，川源何以深疾，其安流東下而無氾溢之虞者，亦誰知其荒度之勤乎？

東西南北，其修孰多？南北順㯐，其衍幾何？㯐音妥，一作「隋」，一作「墮」。○脩，長也。㯐，狹而長貌。衍，寬也。禹所治四海内地東西二萬八千里，南北二萬六千里；出水者八千里，受水者八千里。禹跡所履，無遠弗屆，内别四方之山，外分八方之水，鼎象百物，經志神奸。原故於此總詰之，下文又歷舉而問焉。

崑崙縣圃，其尻安在？增城九重，其高幾里？縣音玄；一作「玄」，非是。尻音羔。在，叶音紫。增，通作「層」。

崑崙，河水發源之處。縣圃、增城，並山名，皆近崑崙者。尻，山脊盡處。

四方之門，其誰從焉？西北辟啟，何氣通焉？辟，通作「闢」。

崑崙四方氣出入處曰門。增城西北開門，以納不周之風。以上八句，舉山鎮之異問也。

日安不到？燭龍何照？

鍾山有神曰燭龍，銜火精以照天門。

羲和之未揚，若華何光？揚，一作「陽」。

羲和，解見離騷。揚，如「揚鑣」之揚。建木西有若木華，日未出時，其光燭地，大明如晝。

何所冬煖？何所夏寒？煖音暄。寒，叶音洹。

南方有不死之草，北方有不釋之冰，謂極南極北之地。以上六句，舉晦明寒暑之異問也。

焉有石林？何獸能言？林，叶音連。言音延。

石林，若開明玉樹之國。獸言，若狌狌鳥言之鄉。

焉有龍虬，負熊以遊？熊，疑作「能」。

能，三足鱉。洹流之野，神龍魚鱉，相翼而翔。

雄虺九首，儵忽焉在？首，叶音始。在，叶音紫。

相柳九首，其死化爲九首虺。

何所不死？長人何守？死，一作「老」，非是。守，叶音矢。

交頸國東有不死之民，海外有大人之國，人長十餘丈。守，猶在也。

靡蓱九衢，枲華安居？靈蛇吞象，厥大何如？

九衢，枝九出也。靡蓱，蓋異草，若連錢荇、倒枝藻之類。枲，麻之有子者。枲華，若通明麻、雲冰麻，有光華照人之類。安居，猶云何在。南海有巴蛇，身長百尋，食象三歲而出其骨。

黑水玄趾，三危安在？延年不死，壽何所止？在，叶音紫。

幽都之山，黑水出焉。有大玄之山，有玄丘之民，即玄趾也。三危，山名，在樂民西。食黑河之藻，可以千歲；飲三危之露，可以輕身。

鯪魚何所？鬿堆焉處？羿焉彈日？烏焉解羽？鯪音陵，一作「陵」。鬿音祈。堆，當作「雀」。烏，疑作「鳥」。

鯥魚，人面人首魚身，出西海。鬿雀，狀如雞，白首鼠足，食人，出北號山。羿，堯臣。彈，射殺之。日，羲和君之子。羲和君生十子，以日名名之。史稱堯時十日、九嬰、鑿齒之屬，並凶頑爲害，堯命羿殺之崑崙之墟。山海經所謂「崑崙墟東，羿持弓矢」，即其處也。漠北翰海，積羽千里。傳稱「廣原之野，飛鳥所解其羽」，即指此。以上二十句，舉人物之異問也。自崑崙縣圃至此，侈陳修衍，備搜物怪，張禹跡之廣耳，固不必一一尋常耳目繩也。

右第二章。嗚呼！古而無聖，何以有今日？食毛踐土，於萬斯年，誰之賜乎？當堯之時，天下未平，聖人憂之，求盲子於側陋，洛俾乂於岳臣，九載弗績，帝儆在予，皇乎恤矣！幸而西羗有子，湔河引痛，蓋萬世福也。吾聞之羅子曰：「禹之治水也，二后有命，三子爰從，灑長風，沐甚雨，斬高喬下。東至榑木，日出九津、青羗之野，欑樹之所，捪天之山，鳥谷、青山之鄉，窮髮、帶方之地；南至交趾、孫濮、續樠之域，丹粟、沸水之際，南娭、黄支之堵，不死之望；西過三危之阨，巫山之下，奇股、三面；北至大正之谷，夏海之窮，祝栗之界，禺强之里，積冰、積石之山，明德遠矣。玉簡揆地，金匱鎮流，玄圭復帝，適哉垂裳！於是裔獻白狼之霜，朝登益疆之版。於戲，豈不甚盛矣哉！蓋開闢以來，至是始成世宙也。」

禹之力獻功，降省下土方。焉得彼嵞山女，而通之於台桑？功，叶音光。「土」下或有「四」字，或並無「方」字，皆非是。焉，一作「安」。一「之」字在「山」字下。嵞音塗。

承上章，而遂問夏事也。言禹勤勞天下，思成厥功，本爲省察下民之阨，何因得塗山氏之女，而通夫婦之道於台桑乎？蓋天作之合，將開有夏，非苟而已也。

閔妃匹合，厥身是繼。胡爲嗜不同味，而快朝飽？閔，通作「黽」。妃音配。「嗜」下一有「欲」字。「快」下一有「一」字。爲，一作「維」。朝，一作「鼂」。飽，叶音備。

黽，倉遽不寧之意。續爲其事曰繼。同味，猶云備味。快朝飽，甘淡泊也。男女、飲食，生人大欲存焉。禹於妃匹之合，倉遽不寧，辛壬癸甲四日，復往治水，盡力溝洫，至矣。既有是勤，可享是報，胡爲飲食自非，克儉於家若此？合而觀之，純德無間者也。

啓代益作后，卒然離蠥。何啓惟憂，而能拘是達？離、罹通。蠥，一作「孽」。達，叶音絶。

禹薦益於天，禹崩，天下歸啓，謂「吾君之子」，於是啓代益爲君。蠥，害也。時有扈叛啓，不奉正朔，蓋以代益爲口實。啓不引小嫌，誓衆討扈，是能憂天下而達節也。

皆歸射鞫，而無害厥躬。何后益作革，而禹播降？鞫同鞠。降，叶音洪。

歸，從也。孟子所謂「不之益而之啓」者是也。古人謂殺曰射。鞫，治也。言天下歸啓，討有扈不臣，而治其罪。革，除。播，布。降，下也。啓討有扈，世緒其業，革益之命，而大布禹德，施於下方，蓋有莫之爲而爲者矣。

啓棘賓商，九辯九歌。何勤子屠母，而死分竟地？母，當作「父」。竟與境通。地，叶音拖。

棘、亟通。賓，謂以客禮之而不臣。商，商鈞。禹受舜禪，封舜子義鈞於商。啓既嗣禹而首賓禮之，崇先代之後也。九辯、九歌，述禹功而播之樂舞，頌明德之遠也。所謂啓賢能繼者，以此勤勞也。屠，戮也。分竟地，猶云相去天淵。此因啓之賢而又思及禹與鮌也。八年於外，其子則勤；三年不弛，其父受戮。殛其父而庸其子，不亦懸殊之甚乎？非天之有私於禹，亦禹之祗台有以克承天眷故耳。

帝降夷羿，革孽夏民。胡射夫河伯，而妻彼雒嬪？「胡」下一有「羿」字，非是。妻，去聲。

孽，妖也。言后羿篡竊，是天生以革夏命而以爲民孽也。河伯，夏時諸侯，見竹書。妻，納之爲己妻也。雒，即有雒氏，亦夏時諸侯，見路史。言羿既革夏，何故殺河伯而結姻有雒氏，即伏自戕之機乎？

馮珧利決，封豨是射。何獻蒸肉之膏，而后帝不若？珧音遥。射，叶音鐸。

馮，挾也。珧，弓之飾以珧甲者。決，射韝也。封豨是射，淫遊於田也。蒸肉，肉之細者。周禮：「甸師帥其徒，以薪蒸役外内饔之事。」麤曰薪，細曰蒸。后，后土。帝，上帝。若，順也。言羿篡夏淫遊，帝不居歆也。

浞娶純狐，眩妻爰謀？何羿之射革，而交吞揆之？謀，叶音迷。一無「革」字。

浞，寒浞，羿臣。純狐，羿妻名，即有雒氏之女。眩，謂蠱惑之言。浞蒸羿室，蠱其妻而共圖之。左氏謂浞行媚於内，羿妻實與浞謀也。射革，猶云貫革，謂羿善射。揆，亦謀也。○自章首至此，以后啓繼世，帝相中落之故問也。

阻窮西征，巖何越焉？化爲黄熊，巫何活焉？「化」下一有「而」字。

征，猶往也。鯀世居西夷，乃投於東裔，不反故鄉，神化黄熊，雖有神巫，不能復活之也。

咸播秬黍，莆雚是營。何繇并投，而鯀疾修盈？秬音巨。莆，一作「黄」。雚，一作「藿」。

播，猶陳也。秬黍，用以祭者。莆，瑞草。藿，香草。營，亦設而要神之意。并、屏通，棄也。投，置也。疾，猶怒也。修盈，多也。原言鯀殛羽淵，實爲夏郊，不廢厥祀。當日永遏不弛，堯何怒鯀之多乎？

白蜺嬰茀，胡爲此堂？安得夫良藥，不能固臧？蜺，通作「霓」。茀音拂。「得」下一無「夫」字。

白霓，金星之氣。嬰茀，猶言縈拂。良藥，神珠薏苡。鯀妻修己見金星貫昴，白氣縈拂，化爲神珠薏苡，取而服之，遂孕禹也。原問脩己，何得此良藥而不能保鯀於死乎？

天式從横，陽離爰死？大鳥何鳴，夫焉喪厥體？從音縱。

天式，猶云天法。從横，法罔綜合之意。陽，顯也。離，麗也。謂無顯麗於法而死。爰，語詞。大鳥，青鸖也，鳴則爲太平之瑞，堯時鳴於羽山。原問天法從横，鯀乃殛死，大鳥何爲鳴乎？既鳴鳥瑞應，何以黄熊一化，巫不能活，竟喪厥軀？此則不可解者也。○「白蜺」以下八句，舊以爲問王子喬仙化之事者，非是。

蓱號起雨，何以興之？撰體脅鹿，何以膺之？「體」下一有「協」字，而「鹿」字屬下句，又無「以」字；一作「何鹿以膺之」。號，平聲。脅音吸。

蓱，蓱翳，雨師也。號，呼也。起，猶作也，致也。興，猶作也。苦雨淫霖，洚溢横流，其何以治之乎？撰，勞動意。脅，竦體登高貌。林屬於山爲鹿。膺身，親也。言禹治水，身親其事，而不以爲勞也。○此四句舊以爲問神鹿之事者，非是。

鼇戴山抃，何以安之？釋舟陵行，何以遷之？戴，一作「載」。抃，一作「拚」。安，叶音奄。

鼇，大鼇。抃，舞動貌。洪水懷襄，波漂震撼，山岳動摇，此其極狀之辭也。安之云者，禹受符鎮瀆，奠而定之也。釋舟陵行，即書所謂「隨山刊木」。遷者，遠其害而去之之謂。○此四句，舊以爲問海鼇之事者，非是。○自「阻窮西征」至此，以鮌功弗成，禹修父業之故問也。

惟澆在户，何求於嫂？何少康逐犬，而顛隕厥首？户，當作「過」。

澆，寒浞子。嫂，婦老通稱之辭。孔疏：「兄妻，假以婦老之名。」是兄妻假以嫂稱，非凡稱嫂必兄妻也。此所謂嫂，指后緡也。舊以爲澆兄妻者，謬。羿既簒夏，后緡逃歸有仍，生少康。及浞殲羿，澆滅過，處之，使其臣椒求后緡所在。后遂與少康逃歸有虞，若喪家之犬，無所依，故曰逐犬。顛，倒。隕，墜。厥首，澆首，謂少康誅澆。左氏所謂「能除其害」是也。

女歧縫裳，而館同爰止？何顛易厥首，而親以逢殆？「易」上一有「隕」字。殆，叶音以。「殆」上一有「天」字，一有「大」字。

女，二姚也。歧、伎通，與也。縫裳，謂爲之妻。少康既歸有虞，於是虞思妻以二姚，館同爰止，即左氏所謂「邑諸綸」也。顛易，猶顛隕。易者，首墜落而易其本處也。逢殆，指逃依有虞之時而言。原問少康後能誅澆，克復夏物，先何危殆若此？

湯謀易旅，何以厚之？覆舟斟尋，何道取之？朱子曰：「湯，康之誤。」厚，叶音姥。

康，少康。易，治。旅，師也。少康有師一旅。厚，謂厚集其衆。斟尋，夏同姓之國。覆舟，事敗也。取，謂取而還之。后相曾依斟尋，浞使澆滅之。原問既覆之餘，何以能收二國之燼而取有天下乎？○自「惟澆在户」至此，以羿、浞不終，少康恢復之故問也。按：此事本末俱與左氏合。舊注澆在户淫嫂之説，不知何據。沈約竹書注謂：「浞娶純狐，有子早死，其婦曰女歧，寡居，澆淫之。汝艾夜使人襲斷其首。」今考，純狐即羿室，左氏載浞因羿室，生澆及豷，未聞澆有兄也。沈約蓋本此注竹書，不考其謬，遂相沿訛耳。

桀伐蒙山，何所得焉？妺嬉何肆，湯何殛焉？得，叶音力。嬉音喜。殛，一作「極」，非是。

桀伐岷山氏，岷山氏進美女以謝罪，是曰妺嬉。桀得妺嬉，日益荒淫，湯於是放於南巢。○此以夏桀亡滅之故問也。

右第三章。争竊放廢，古聞之乎？不聞也。聞自夏始，争於有扈，竊據窮寒；至於成湯，爰革夏正，止厥焦門。多故矣哉！然則傳子累之歟？非也。傳子殆將以爲坊焉爾。禹益同心，變往跡以養人倫，恤恤乎有萬世之慮，而卒不免，則聖人亦無可如何也。今夫見可欲而心易動者，情也。上古之世，天地未平，民利未開，方貢未達，其時爲天子者，居不異茅茨，衣不加袇縷，食不美監門，而非有大神智者不能居此位以周萬物而滌理其菑患。於是人見爲天子之難，而不見有爲天子之樂。迨乎二后俾乂，六子授符，灑瀉沉菑，效靈益富。當是時，球琳進於上府，玄纁奉以盈筐，良材任棟，總秸承餘，三圭重侯之屬，五服弼成之域，稽顙拜舞，錫錯殊方，兼之蒙業易安，中材能治，至此則人見爲天子之樂，而不見有爲天子之難矣。白璧南金，明珠蒼玉，多不過萬鎰耳。家襲之則人無異念，道置之則衆有盗心。徒手而與人，將羣焉目之。何者？所樂在是故也。知樂則貪，知貪則死，必然之勢。禹於是以堯舜以來之公物而若私其子，益於是以己分應得之重器而不有於身，共圖萬世，一革成軌，凡以止争殺禍而已。異日者，啓雖離蠥，不忘吾君之子；相即中顛，終收二國之燼，則傳子之效也。若夫桀弗若天，驕淫自覆，用殄厥宗，則自作之孽而已，將誰咎乎？嗚呼！以祖宗心剩形瘵、勤勞荒度之天下，而竟喪一婦人之手，可畏也夫！

舜閔在家，父何以鱞？堯不姚告，二女何親？鱞，叶音矜。

閔、黽通。竭力耕田，自黽勉也。鱞，謂不爲舜娶。姚，瞍姓。不姚告，謂不告舜父而妻以二女也。〇承上章而言，夏之天下受於舜，舜之天下則傳自堯，故遂問舜事。

厥萌在初，何所意焉？璜臺十成，誰所極焉？意，叶音益。

璜臺十成，極言皇居壯麗之意。淮南子所謂「人君之有天下，瑶臺九纍」是也。言舜初意本不及此，而卒有天下，莫之爲而爲也。〇此四句舊解無着。

登立爲帝，孰道尚之？女媧有體，孰制匠之？匠，一作「匹」，非是。

道，由也。尚，上通。女媧，上古始爲媒制婚姻之禮者。體，禮也。匠者，不襲舊法之謂。原言舜受堯禪，以匹夫而立爲天子，其初何由得上見帝堯乎？蓋必有爲爲之者。若夫二女下嬪，夫亦猶行古之禮也，豈堯創爲以寵異夫舜哉？○此四句，舊以爲問女媧爲帝之事者，非是。

舜服厥弟，終然爲害。何肆犬豖，而厥身不危敗？一作「何得肆其犬豖」。豖，一作「体」，非是。

服，馴服之也。犬豖，齒噬之意。言舜馴服傲弟，而弟日思殺之，肆其狂悖，舜卒不爲所殺，則自天有命者歟！

吴獲迄古，南嶽是止。孰期去斯，得兩男子？去，一作「失」。

吴，舜始封國也。平陸、吴山、虞城，國本號吴，見路史國名記。迄古，猶言自古。舜上世出於虞幕，國統中絶，至舜紹封，雖起畎畆，實繫世胄，其有土自昔然也。南嶽，荆之鎮衡山也。舜巡南嶽，崩於蒼梧，止而不返。去斯，謂不有天下，以讓禹而不私其子也。得，得國。兩男子，舜二子義鈞、季釐也。義鈞封商，季釐封緡。原言舜之封國其來已久，既履帝位，南巡而崩，讓於有夏而子孫保之，亦未嘗遽廢迄古之祀也。○此四句舊以爲問泰伯虞仲事者，非是。

右第四章。人倫之變，聖人其有憂患乎？羽能已化，郊夏配天，竟亦虚文耳。斧破東山，亦姬旦終天之恨哉！誰得不謂之過？若舜者處之，抑何泰然也！當是之時，蒸蒸二老之豫，源源愛弟之歡，視夏周居何等？夫子稱：「舜其大孝也歟！德爲聖人，尊爲天子，富有四海之内，宗廟饗之，子孫保之。」嗟乎！烟横層廪之階，石下尋泉之窟，夔栗未改，愛我何年，憂喜皆誠，怨爾不宿，可謂至矣，宜其受命長世哉！

緣鵠飾玉，后帝是饗。何承謀夏桀，終以滅喪？一無「夏」字。喪，去聲。○鵠，射之的也。緣鵠以命中，飾玉以象德，殷人序射，其教然也。饗，猶予也。承，承天意。滅喪，謂滅喪之。○承上二章，言舜既禪禹，而革夏者湯，故遂問商之事。

帝乃降觀，下逢伊摯。何條放致罰，而黎服大説？乃，一作「力」，一作「之力」，並非是。摯，叶音哲。説音悦。

摯，伊尹名。條，鳴條，地名。湯放桀，始於鳴條。

簡狄在臺，嚳何宜？玄鳥致貽，女何喜？「臺」下或有「帝」字。喜，叶音嬉。

簡狄，有娀女，帝嚳妃也。簡狄浴於川，玄鳥貽之以卵，簡狄吞之，遂孕契。○自此至「後嗣逢長」，以商先世問也。「該秉」以下二十四句，舊注所指多誤。

該秉季德，厥父是臧。胡終弊於有扈，牧夫牛羊？或疑「該」爲「啓」字之訛，此緣下「有扈」，疑事與啓涉故云。然今以下文考之，「該」乃「亥」字之誤，「有扈」當作「有易」。有易、有扈，並夏時諸侯，傳寫訛耳。下「扈」字並倣此。

亥，契八世孫，上甲微之子也。秉，持也。季，猶周禮山虞「服耜，斬季材」之季。季德，謂少時之德。厥父，上甲微也。臧，善之也。弊，敗也。牧牛羊者，有易拘留子亥困辱之，使爲牧豎也。原言亥少時秉德，其父善之，何終敗於有易，見辱殊方乎？

干協時舞，何以懷之？平脅曼膚，何以肥之？懷，叶音規。協，从心从劦。〇干，犯也。協，挾制也。舞，變弄意。言有易干犯上國，挾制來使，舞巧變幻，其將何以懷之乎？曼，脩廣貌。平脅曼膚，貴介豐腴之態。肥者，優飫之謂。言子亥以貴國公子，棄居養之尊，困繫窮荒，其又何以肥之乎？

有扈牧豎，云何而逢？擊牀先出，其命何從？命，一作「所」。

子亥弊於有易，牧夫牛羊，故直謂之牧豎。逢，謂逢其害。言子亥先爲牧豎，猶是拘辱，云何又逢禍殃？蓋因上甲致討，而殺以洩忿耳。牀，安身之座。擊牀，怒而自擊其牀，若斫案、推席之類。先出，猶云遽起。皆疾怒貌。命，徵師之命。從，從之討有易。上甲以子故興師，河伯本與有易友善，何以遂從殷命？亦兵出有名，不得不從耳。按竹書、山海經載：夏帝泄之十二歲，殷侯子亥賓於有易而淫焉，有易之君殺亥，取僕牛。上甲微徵師河伯，討有易。即其事也。

恒秉季德，焉得夫樸牛？何往營班禄，不但還來？樸、僕並蒲沃切，音相混，疑作「僕」。牛，叶音怡。來，叶音厘。

僕牛氏之女，亥之所淫，而爲綿臣之所取者。往營班禄，謂往使藩國。班，賜。禄，命。所謂「賓於有易」是也。但，語辭。言亥若能常持少德，何至淫於有易而不得還乎？

昏微遵迹，有狄不寧。何繁鳥萃棘，負子肆情？遵，一作「循」。

昏微，猶云昏昧。迹，猶路也。遠方曰狄，即有易。繁鳥萃棘，借爲羣狄聚處之喻。負子，謂殺亥。肆情，謂取僕牛。言有易昧於遵路，不自安寧也。

眩弟並淫，危害厥兄。何變化以作詐，而後嗣逢長？害，一作「虞」。兄，叶音光。「而」字一在「嗣」字之下。

按竹書載：「殷侯以河伯之師伐有易，殺其君綿臣。」而山海經又稱：「河念有易，有易潛出，爲國於猷方。」蓋河伯實與有易友善，殷侯假師以義，河伯不得不助，而哀念有易，故使得潛化而出。據此，則潛出即綿臣之弟也。昡者，迷蔽於道之謂。昡弟與兄，同惡相濟，何兄伏戮，而弟顧以詐得脱乎？

成湯東巡，有莘爰極。何乞彼小臣，而吉妃是得？得，叶音力。

爰，恚也。湯爲方伯，有莘惡之。湯聞伊摯賢，求伊摯於有莘之野，有莘之君留而不與。湯乃求婚於有莘氏，有莘嫁女於湯，以摯爲媵臣。吉妃，即有莘氏女，有賢德。傳稱：「湯妃有莘，統領九嬪，後宮有序，咸無妬媢逆理之人，卒致王功。」是湯本爲求摯，而適得此賢妃也。

水濱之木，得彼小子。夫何惡之媵，有莘之婦？一無「彼」字。婦，叶音米。

小子，小兒也。摯爲兒時，爲水所溺，附於漂木得不死，餘見前。

湯出重泉，夫何辠尤？不勝心伐帝，夫誰使挑之？辠，古罪字。尤，叶音摇。

重泉，湯囚處也。桀聽腴臣趙梁計，召湯囚之均臺，置之重泉。罪，罪之也。尤，過之也。心，衆心。勝，强而抑止之意。帝，桀也。言湯出重泉，未嘗敢有懟桀之意，乃不能强抑衆心，卒有南巢之役，亦誰挑衆怒如是乎？桀自作之孽而已。

右第五章。兵天下正乎？曰：正也。家天下者，權而已。天下者，天下人之天下。已而王可必，已而王不可；子而世可必，子而世不可。方禹之傳啓也，益避不受，與衆則争，於是乎不得已而暫假其事於子，以待能者而授焉。累世循常，據四百餘年之久，非禹志矣，禹之望湯救其子孫之敗也久。湯武者，能爲舜禹之受者也。夫天之生此民也，聚族而居，什之者帥，百之者長，千之者君，萬之者王。以智治愚，以賢治不肖，安之而已。愚臨哲，狂治聖，倒亂天常，是上踵而下頂也。天下生之實難，天豈忍以億萬蠕動喙息之倫，快一人邪心而不爲救止哉？亭山殘魂，任告乃祖可也。若夫玄鳦兆將王之瑞，明倫有應賞之功，則後世符驗讖緯之談，亦且視天命爲紀録功過小兒矣。嘻，悖矣乎！

會鼂爭盟，何踐吾期？蒼鳥羣飛，孰使萃之？爭，一作「請」。

期，謂甲子之期。武王伐紂，不期而會者八百，人心之歸也。史記：「武王既渡，有火自上復於下，至於王屋，流爲烏。」今文泰誓作「流爲鵰」，蓋狀鵰而色烏，所謂蒼烏也。孰使萃之？亦天兆興王之瑞耳。〇代商者周，故遂問周事。

列擊紂躬，叔旦不嘉。何親揆發，定周之命以咨嗟？列，一作「到」。躬，一作「射」，非是。一無「何」字。定，一作「足」，屬上句，非是。一無「之」、「以」二字。

列，古作「刿」，誅也。擊，猶討也。嘉，喜也。既誅首惡，公猶未喜，於是親揆百務，發政施仁，定周之命，申以文告，而後即安也。〇以上八句，舉武周取天下之事問也。

授殷天下，其位安施？反成乃亡，其罪伊何？施，叶音拖。

持以與人曰授。施，猶加也。成，謂成王。管蔡以武庚叛周，名爲奉殷，其意實欲自爲之，故問其位安施也。首倡逆謀，卒自殞滅，其罪居何等乎？

争遣伐器，何以行之？並驅擊翼，何以將之？行，叶音杭。

争，謂管蔡借殷爲名以争大位也。遣，調發也。伐，猶取也。器，神器。擊翼，即六韜「擊其後，翼其旁」之謂。將，將事也。言管蔡爲亂，思取大物，何以逆天而行事也？及王師並出，擊翼齊驅，又何以奉天而定亂也？○以上八句，舉管蔡亂周之事問也。

昭后成遊，南土爰底。厥利維何，逢彼白雉？底，叶音止。

成，猶遂也，謂遂其遊。白雉，越裳氏所貢。據此則昭王必有征越裳之事，而史失之。

穆王巧梅，夫何周流？環理天下，夫何索求？「周」上一有「爲」字。

梅，貪也。環理天下，猶云環治之内。史稱：「穆王得驥、温驪、驊騮、騄耳之駟。西巡狩，樂而忘歸。」

妖夫曳衒，何號於市？周幽誰誅，焉得夫襃姒？號音豪。

妖夫，指賣檿弧箕服者。曳衒，賣也。誅，責也。周宣王末年有童謡云：「檿弧箕服，實亡周國。」時有夫婦賣是器者，使執之，夫婦逃如襃。幽王立，責襃人，襃人請納美女贖罪，是爲襃姒。

天命反側，何罰何佑？齊桓九合，卒然身殺。殺，叶音救。

殺之爲言死也。周室既衰，齊桓督合諸侯，共尊王室，卒之未有大績，而遂身死，豈非天不篤周哉？○自「昭后成遊」至此，以周浸衰之故問也。

彼王紂之躬，孰使亂惑？何惡輔弼，讒諂是服？服，叶音弼。

服，悦也。

比干何逆，而抑沉之？雷開何順，而賜封之？何，一作「巧」，非是。封，叶音欣，一作「金」。

抑沉，使不得伸其諫也。雷開，紂腴臣，紂賞之以夏田。

何聖人之一德，卒其異方？梅伯受醢，箕子詳狂。詳，通作「佯」。

聖人，即梅伯箕子。一，猶同也。方，猶術也。梅伯以死諫，甘受葅醢。箕子以奴諫，佯狂受辱。其忠愛之忱雖無不同，而用諫之道則未嘗一轍也。○自「王紂之躬」至此，因前問武周取天下之事，而於此又申詰紂之所以亡也。

稷維元子，帝何竺之？投之於冰上，鳥何燠之？燠音郁。

帝，帝嚳。竺，朱子謂：「當如『天祝予』之祝。」棄也，事詳生民篇。

何馮弓挾矢，殊能將之？既驚帝切激，何逢長之？挾，一作「接」，非是。將，通作「獎」。驚，一作「敬」。切，一作「功」。並非是。長，上聲。

殊能，異能。獎，勸也。言紂以文王爲殊能而錫之彤弓盧矢，以獎勸之也。帝即指紂。按史記，殷仍稱帝也。驚帝切激，若祖伊奔告之類。逢長，猶言順承。言紂若順承天意，而使文得集厥事者然。

伯昌號衰，秉鞭作牧。何令徹彼岐社，命有殷國？國，叶音谷。

昌，文王名。號，猶號召之號。徹，通也。言文王號召衰晚之時，秉鞭作牧，何以遂受天命，通岐社於天下，而代有殷之國乎？

遷藏就岐何能依？殷有惑婦何所譏？

藏，蓋藏。岐，岐山。周自太王實始遷岐。譏，諫也。

受賜茲醢，西伯上告。何親就上帝，罰殷之命以不救？告，叶音穀。「何親就上帝」五字爲句。

紂，商書作「受」，下「受禮天下」之「受」倣此。受醢梅伯以賜諸侯，西伯上告於天，文王何以暱就上帝，而罰殷之命，至於不可救乎？○自「稷維元子」至此，歷以周先世問也。

師望在肆昌何識？鼓刀揚聲后何喜？識音志。喜，叶音戲。

太公隱於屠肆，文王舉之，詳見離騷。

武發殺殷何所悒？載尸集戰何所急？

發，武王名。悒，不安也。尸，木主。言奉天伐暴，何所不安？救民水火，安得不急？

伯林雉經，維其何故？感天抑墜，夫誰畏懼？一「感」字上有「何」字。墜、地同。

伯，長；林，君。謂紂也。雉經，自縊也。據此則紂乃縊死。或曰二女縊紂自燔，非也。或曰武王禽紂而殺之，亦非也。抑，語辭。原言紂之敗亡，乃其自取；周之深仁格於上下，坦然行義，有何所悒而畏懼乎？此四句，舊以爲問晉太子申生事者，非是。

皇天集命，惟何戒之？受禮天下，又使至代之？

言天命靡常，其所集命之人不知若何敬戒，一不能戒，即失之矣。禮，通作「履」，即「履帝位」之履。代，更易也。商受不知自戒，故天以周易之也。

初湯臣摯，後兹承輔。何卒官湯，尊食宗緒？卒，一作「萃」，非是。

官，猶臣也。官湯，謂爲湯臣。周之先世臣服於湯也。原言湯求賢相以輔後嗣，望世世子孫永保天命；而何以臣服商家之人竟得尊食宗緒而爲天子乎？天使代之者然也。

勳闔夢生，少離散亡。何壯武厲，能流厥嚴？離、罹通。嚴，叶音莊。

闔，合也，猶集也。勳闔，即書所謂「集大勳」者也。夢生，即周書所謂「告夢」。少離散亡，謂武王先年兄死父囚，有散亡之禍也。流，播也。嚴，威也。原言武王之興，實天所命，大勳用集，夢協徵祥，雖早年重遭禍變，而終能克商，一怒安民，大播厥威也。○自「師望在肆」至此，皆反復以勝殷之故問也。此四句，舊以爲問吴王闔閭事者，非是。

右第六章。「聞誅一夫紂矣」，「于湯有光」。或者曰：武王非聖人。武王勝殷，當立微子而奉之，己歸藩臣，明示天下以不利商家，俟天命之所屬。迨天下不能挾商令於己，然後之中國踐天子位，則三聖授受不是過。嘻！此安人之談耳。何敢於訕聖？聖人之行也無嫌，何庸避？方紂之時，生民之禍烈矣，聖人爲生民計耳，何必爲天子？何必不爲天子？光明正大，代而効職於天，斯已矣。烏有所云故遜後取，曖昧委曲也哉？且夫微子，語其德，性情純篤則有餘；語其才，戡亂濟艱或不及。又遜荒久，天下未聞其澤，不心戴也。益之相禹，烈山藪，驅猛獷，偉功茂猷，章章如是，猶以施澤未久，暴而不受，矧在微子？宜其不足繫天下望，武王安得而强令之？嗟乎！恢復者，後世不勝其私者之説，非理道之所有。天下，公器也，顧安見必前裔乎哉？

彭鏗斟雉，帝何饗？壽命永多夫何長？饗，叶音香。「長」上一有「久」字。

彭，國。鏗，其君之名。斟，酌也。擇善而行之謂雉，爾雅曰「陳也」，謂宣布也。饗，猶予也。言彭鏗修道養性，善行斟酌，敷於下土，而上帝予之年壽延長也。○古之諸侯導和蠲安，修行格帝，自邀天貺也如彼。

中央共牧，后何怒？蠭蛾微命，力何固？牧，一作「收」，一作「枚」。蠭，一作「螽」。並非是。蛾，古蟻字。

此謂天下諸侯也。后，即帝后。帝既怒，則與饗之者異矣。蠭蛾，極言其微。以帝視天下，諸侯如蠭蟻。相王者等，既爲帝怒，何能自存乎？○今之諸侯昏悖狂惑，嘉兵樂禍，自蹈覆亡也如此。

驚女采薇，鹿何祐？北至面水，卒何喜？祐，叶音秘。面，一作「回」。卒，一作「萃」。喜，叶音戲。

夷齊讓國，采薇而食。有女子過而誚之，遂棄薇逃於北海，白鹿乳之，没齒無怨。○古之仁人不以小者廢其大者，其相讓也如彼。

兄有噬犬，弟何欲？易之以百兩，卒無禄。

噬犬，謂翟犬也。趙簡子夢帝與一翟犬，曰：「及而子之長，以賜之。」後遇當道者，曰：「翟犬，代之先也，主君之子且必有代。」簡子卒，襄子立，饗代王而殺之，果有其地。所謂有噬犬如所夢也。襄子卒，代成君子起立，是爲獻侯。襄子弟桓子逐獻侯，自立於代，是兄有而弟貪之矣。百兩，車數。諸侯嫁女，迓送皆百兩。先時趙欲取代，以襄子姊女於代，使不疑。百兩于歸，殆將以易代地耳。然桓獻篡弒，卒不能享，是無禄也。○今之忍人以所不愛，及其所愛，其相争也如此。此二句舊以爲問秦鍼事者，無據。

右第七章。嗚呼！三王徂矣，古今之限也。天下之生，一治一亂，戰國其劫運乎？天下之人牧，未有不嗜殺人者，羣狼牧羊，長牙血挴遍天下。天乎，數如是歟？抑皆自於人歟？螳螂曲頸，黄雀舉頭，各絷於利，而不知自速其禍矣。欲則争，争則死，競起相牙，爾我同斃。荒埤蕪野，皆鴆血蠆尾耳。夫子不爲衛君，寧獨趙氏兄弟哉？伯夷叔齊，仁也。燭影斧聲，至今疑之，聞夷齊之風，亦可以愧矣夫！○此承上五章之意，以起下章之辭也。

薄暮雷電，歸何憂？厥嚴不奉，帝何求？

屈子洞鑒千古，嘅息時衰，因以自訊而悲也。薄暮雷電，猶山鬼歌所謂雷填雨冥，指其景爲言者也。嚴，嚴譴也。言己重遭嚴譴，不能善承王意，放斥在此，皆己之咎於天，又何問乎？

伏匿穴處，爰何云？荆勳作師夫何長？悟過改更，我又何言？云，叶音陽。「長」下一有「先」字，非是。悟，一作「悞」。「更」下一無「我」字。言，叶音昂。

作師，謂爲官師者。言己何言哉？在廷臣子不知有何長策，區區之忱，則惟冀王之改行率德而已。

吴光争國，久余是勝。何環閭穿社以及丘陵，是淫是蕩？勝，叶音商。蕩，叶音湯。一作「環穿自閭社丘陵」，而無「是淫是蕩」四字，非是。

望王改更者，欲王以大讎讐爲念，以用賢爲先，自强立國，顯忠遂良，而因以往事諷諫焉。吴光，吴王闔廬也。久之爲言舊也。不忍斥言楚，故曰余。環，圍。穿，入也。楚三公姓所居曰三閭。淫、蕩，謂爲暴也。言敵不可玩，怨不可忘。吴昔入楚，夷我社稷，掘我陵墓，淫蕩我内外，車覆在前，可爲永戒。原蓋知東門又將蕪矣。○舊以淫蕩爲問鬬伯比淫邙女事者，非是。

爰出子文，吾知堵敖以不長。何試上自予，忠名彌彰？知，一作「告」。予，通作「與」。

楚人謂恚曰爰。子文，令尹鬬穀於菟也。堵敖，楚文王子熊艱，立五年，爲成王所弒，故曰不長。試，用也。自予，謂以國事自許。子文仕楚成王，喜怒不形，物我無間，孔子稱其忠。原言堵敖疏子文而不用，卒以弒死；楚成能用子文，君臣相得，忠名彌彰。夫同一子文，非忠於後不忠於前也，用不用故耳。遠賢者身弒，庸忠者績彰。已往成驗，較若列眉，何去何從，厥鑒不遠，是在王而已。原蓋以子文自方而冀王之以楚成爲法也歟！

右第八章。君子者，國之所以繫安危者也。商書終於微子，夏書終於女鳩。忠臣遠跡，羣邪參耦，焉有不滅亡者乎？趙梁得志，金版見於中庭；雷開既庸，碧血般夫殿陛。楚有上官大夫、令尹子蘭，原之得放，幸而已矣，敢觖觖耶？雖然，小人悻悻，君子惓惓，孔子去魯，遲遲其行，孟子曰「王庶幾改之，予日望之」，古仁聖賢人用心蓋如此！原之言曰「哲王又不悟」，又曰「待明君其知之」、「悟過改更」，其何日之有？原度之穩矣。吁！此正原之所不忍知者也。惟存此心，寄諸蒼蒼焉爾已。〇終及楚事，以寓發問之旨也。

屈子章句卷之五

浠川劉夢鵬雲翼氏訂

男光鎮、光鑑 姪光鑾、光銘 同校

招魂

招魂者，皋復者也。古者人死，猶冀其生，於是乎皋復升屋號告，以其衣招魂而覆其尸，此招魂所由名也。朱子曰：「楚俗蓋有用於生者。」按此亦假托抒情耳，又烏問俗之然否，事之有無也哉？原之言曰「魂一夕而九逝」，又曰「魂識路之營營」，又曰「何靈魂之信直」，又曰「魂營營而至曙」。嗚呼！孤臣放子，荒郊灑血，君門萬里，一日九迴，魂魄不守，有自來矣！今讀其書，崑崙縣圃，赤水流沙，非魂歷之境乎？虙妃、佚女，高辛重華，非魂遇之人乎？湛露、朝霞，則魂食飲也。瓊枝、瑤華，則魂佩帶也。龍螭、虬象，則魂輿馬也。望舒飛廉，則魂僕從也。下有大壑，上有帝閽，若枝東指，虞淵西流，魂乎！魂乎！雖原亦不自知仍飄風於何所矣，宜其招之也。子長讀而悲之，以此也夫。嗟乎！故國丘墟，人念禾黍，孤臣投窮，因操土音，凡夫宮室遊觀之勝，飲食侍御歌舞之美，不過假託巫陽之口，備道南州之樂耳。臺榭頹垣，第宅新主，撫今思昔，地是人非，課後先之何時，倚遥望而增嘆，徑被路漸，江介風凄，哀蓋不在己，而在國矣。故結之曰「哀江南」，其哀郢之引言乎？王逸謂是篇爲宋玉招師，大招爲原自撰招詞，謬矣。大招情致靡謾，氣體膚弱，與離騷諸篇深婉悱惻全不相似，必非原手。朱子以爲景差所作，其或然歟！此篇開端亂語，皆原自言，非出代招之口。在玉不應有是語，逸固不如遷之確也。學者於此試察於性情浮沉之際，音節舒慘之間，則滑稽與號泣不可同年而語，而後知予之非敢臆斷也夫！

朕幼清以廉潔兮，身服義而未沬。主此盛德兮，牽於俗而蕪穢。上無所考此盛德兮，長離殃而愁苦。或曰「主」字上疑有「朕」字。離、罹通。末二句，朱子謂與下文叶。今按：此二句與下語句不倫，「苦」當作「嘅」，與上叶耳。

朕，原自謂。清者，不污之謂。廉潔所以清也。服，佩服。沬，微晦意。幼清廉潔，言德性也。服義未沬，言志行也。盛德，兼德性與志行而言。牽，猶引也。上，君也。考，察也。言己主盛德而衆芳蕪穢，癰君不識，長此罹殃也。

右一節自叙以引其端也。

帝告巫陽曰：「有人在下，我欲輔之。魂魄離散，汝筮予之。」巫，一作「巠」。在，一作「於」。予音與，一作「與」。

巫陽，掌卜筮者。有人，帝謂原也。輔，相也。筮，筮其魂之所在，與而還之也。

巫陽對曰：「掌寢，上帝其命難從。若必筮予之，恐後之謝不能復用巫陽焉。」寢音夢。一無「命」字，非是。從，叶音詳。之謝，一作「謝之」，一無「之」字，非是。

掌寢，掌占夢之職，主卜筮者也。巫陽對謂己掌卜筮，凡有當筮，無敢不筮。若帝今筮魂而與之命，已不能從。蓋神魂飄忽，無有定在，非筮者所及測，亦非筮者所能與。若必筮而予之，恐後不副帝命，而謝其事，帝將以己爲不稱職矣。蓋謂此非筮者之事，乃工祝之事，其命工祝招之可也。

乃下招曰：「魂兮歸來，去君之恒幹，何爲乎四方些？舍君之樂處，而離彼不祥些？離、罹通。些，唆，去聲。

帝聞巫陽之言，於是乃命工祝下招。幹，體也。樂處，舊都。前六段言不祥，「入脩門」以下言樂處。些者，楚語辭。

魂兮歸來，東方不可以託些。長人千仞，惟魂是索些。十日代出，流金鑠石些。彼皆習之，魂往必釋些。歸來歸來，不可以託些。石，叶音岳。釋，叶音鑠。歸來歸來，一作「魂兮歸來」，一作「歸魂兮」，下六段並同。

此言東之不祥。長人，東海外波谷山，大人之國是也。湯谷十日所浴，流金鑠石，甚言日炙也。釋，解散也。○屈子之書，所稱或有不經，人每譏其譎幻荒誕，蓋未深觀屈子者也。離騷諸篇所云閬風縣圃之類，盡寓言見意。招魂所稱乃大荒之域，四極之表，奇形怪狀，雖非接於聽睹，間亦載在山經。原不過借是極言上下四方不祥耳，其有無固不及辨，亦不必辨也。

魂兮歸來，南方不可以止些。雕題黑齒，得人肉以祀，以其骨爲醢些。蝮蛇蓁蓁，封狐千里些。雄虺九首，往來儵忽，吞人以益其心些。歸來歸來，不可以久淫些。

黑，一作「墨」。一無「肉」字。一「以」作「而」。醢，叶音喜。「益」字上一無「以」字。

此南方之不祥。雕，謂雕畫之。題，額也。雕題，蓋即鮫人，其俗點涅其面，畫體爲鱗采，今瓊州黎人繡面爲婚，亦其類也。黑齒，疑當作「鑿齒」。山海經：黑齒在東海湯谷。鑿齒人在大荒南，齒長五尺，食人。蝮蛇，色如綬文，鼻上有針，大者百餘斤，一名反鼻蟲、南猨，翼山羽山多有。封狐，大狐，蓋九尾狐也，出南青丘山。雄虺九首，相柳之所化。相柳死，其精不散，化爲九首虺。淫，淫遊不已也。

魂兮歸來，西方之害，流沙千里些。旋入雷淵，爢散而不可止些。幸而得脫，其外曠宇些。赤螘若象，玄蜂若壺些。五穀不生，藂菅是食些。其土爛人，求水無所得些。彷徉無所倚，廣大無所極些。歸來歸來，恐自遺賊些。淵，一作「泉」，非是。乖、幸同字。壺，叶音虎。螘，一作「蟻」。藂、叢同。

此言西方之不祥。流沙，即鳴沙界，一名沙角山。沙如乾糠，天氣清朗時沙常鳴，殷殷如雷。遇陷處，人馬駝車應時皆没。去西海纔二日程，所謂范河淖沙也。以其沙鳴如雷而多淖陷，故曰雷淵。有以雷夏澤當雷淵者，謬。雷夏澤在濟陰郡耳。旋入，風旋而陷入也。爢、靡同。爢，散，言沙隨風飄散，淅淅瀝瀝之狀。不可止，言不可處也。赤螘，朱蛾也。若象，極言其大。近有人自瓊州來，言見有黑螘大如豕者。又後魏時兖州有赤蟻與黑蟻鬬，長六七步，可知天地之大，無物不有，殆未可以常情度也。玄蜂，即大蜂，出崑崙，長丈餘。若壺，謂蜂房如壺形。劉恂見大蜂結房山林，大如巨鐘，亦其証也。菅，茅也。爛人，焰炙人也。求水無得，所謂旱海，六七百里無水泉者也。海外西經：女丑之尸「生而十日炙殺之」，豈其處歟？賊，傷也。

魂兮歸來，北方不可以止些。增冰峨峨，飛雪千里些。歸來歸來，不可以久些。增，通作「層」。久，叶音已。

此言北方之不祥也。北方地寒，如小咸、空桑、狂山等處，皆冬夏有雪。

魂兮歸來，君無上天些。虎豹九關，啄害下人些。一夫九首，拔木九千些。豺狼從目，往往侁侁些。懸人以娭，投之深淵些。致命於帝，然後得瞑些。歸來歸來，往恐危身些。人，叶音然。豺、豺同。娭、嬉同。淵，叶音烟。瞑，叶音眠。身，叶音先。

此言上之不祥也。虎豹，天神陸吾也。天有九重，故曰九關。山海經：崑崙之丘，是爲帝都。其上有神，名曰陸吾，虎首人面虎爪。是神也，實司天之九部。一夫九首，拔木九千，謂木夫也。山海廣注云「神九首者，相柳之外，九鳳九首，木夫九首」是也。豺狼從目，謂守關者。從目，直目視也。侁侁，衆貌。致命於帝，然後得瞑，言守關之神先懸人而投之不使上，復命於帝，然後安寢，無時不守也。

魂兮歸來，君無下此幽都些。土伯九約，其角觺觺些。敦脄血拇，逐人駓駓些。參目虎首，其身若牛些。此皆甘人，歸來歸來，恐自遺災些。一無「此」字。都，叶音支。觺音疑。脄音梅。拇音母。牛，叶音尼。災，叶音淄。

此言下之不祥也。北海内有山名曰幽都之山，所謂不周之山，幽都之門也。土伯，后土神，共工氏康回也。康回不臣，女媧伯九有而朝同列，其死爲后土，故稱土伯。九約，言其爲九州約長，死而爲神也。觺觺，角直利貌。敦，大也。脄，背也。拇，手大指。血拇者，逐食人而拇常有血也。駓駓，走貌。史載康回髦身朱髮。髦，髦牛，故曰若牛。以上數段言不祥。

魂兮歸來，入脩門些。工祝招君，背行先些。秦篝齊縷，鄭綿絡些。招具該備，永嘯呼些。魂兮歸來，反故居些。門，叶音綿。絡，叶音路。呼，叶音寓。居，叶音具。

此則其所以招之者也。脩門，郢城門。背行者，招者面向魂，而背後却以手招魂來也。先，引道也。篝，織竹爲之，狀如熏衣籠，所謂池也。大夫死於道，則升其乘車之左轂，以其綏復其車之飾，織竹爲池如籠形，而衣以青布。若諸侯，則用青黄之繒屬於池下。齊縷、鄭綿，所以屬池下者也。絡，屬池也。原爲大夫，而亦云爾者，侈陳之詞。原放在外，故以復於道者爲言。舉齊、秦、鄭者，謂三國之工所爲各極精妙也。嘯呼，號告而呼魂，即所謂皋某復也。故居，舊宅也。

天地四方，多賊姦些。像設君室，静閒安些。高堂邃宇，檻層軒些。層臺累榭，臨高山些。網户朱綴，刻方連些。冬有突厦，夏室寒些。川谷徑復，流潺湲些。光風轉蕙，氾崇蘭些。經堂入奥，朱塵筵些[二]。君，一作「居」。閒音閑。網，一作「罔」。突音要。川，一作「谿」。徑，一作「經」。氾同汎。經，一作「徑」，一作「陞」。

天地四方，本上文六段而言。賊姦，即不祥之謂。像，通作「象」。既招於道，於是歸而髣髴想象，陳設於室以招魂而居之，而室又静閒安也。下文遂以室言之。邃，深也。屋四垂爲宇。檻，窓下板也，爲櫺曰楯，以版曰檻。軒，樓版也。無木謂之臺，有木謂之榭。臨高山，高出於山上而下臨之，極狀臺榭之高也。網户，槅也。朱綴，言以朱塗綴之。横木關柱爲連。刻，雕鏤也。突厦，復室，深而奥者也。夏室，涼臺之類，所以避暑氣也。流源爲川，注谿爲谷。徑復者，言川谷之水徑過而又回復，活潑曲折也。潺湲，水流貌。光風，天霽而風，景色光明也。氾，猶汎汎，香氣浮動意。蘭，木蘭，解見離騷。崇，高也。經，由也。塵，承塵也。筵，席也。朱塵筵者，堂奥之承塵與席皆塗以朱者也。

砥室翠翹，絓曲瓊些。翡翠珠被，爛齊光些。蒻阿拂壁，羅幬張些。纂組綺縞，結琦璜些。絓，一作「挂」。瓊，叶音陽。被音披。纂，一作「綦」。琦，一作「奇」。

砥室，室中如砥，言其下之平。翠翹，翠粲鮮明而翹然上起，言其上之高。絓，懸置貌。曲瓊，屋梁穹脊上曲負棟，以玉爲之，即下文「玄玉之梁」是也。赤羽曰翡，青羽曰翠。被，如一被、二被之被，通作「披」，帷下垂而長幅者也。堂室披設帷帳，以翡翠爲飾，而綴以珠，下文所謂「翡帷翠帳」是也。蒻，蒻席。阿，室隅也。拂，蔽也。言以蒻席曲入室隅，以蔽塵也。周布曰羅，遍幔曰幬，既拂其壁，然後以翡翠之帷周布遍幔而張設之也。纂組，綬類；綺縞，帛類，所以結帷者也。琦璜，美玉，所以節帷者也。自「天地四方」至此，皆言君之室如此也。

室中之觀，多珍怪些。蘭膏明燭，華容備些。二八侍宿，射遞代些。備，叶音拜。射音亦。

珍怪，謂玩好。蘭膏，以蘭香煉膏，取其芳也。華容，侍姬美也。二八，猶云二列。晉悼公賜魏絳以女樂二八，蓋大夫有二列之樂，故云然。射，厭倦也。遞代者，以次更換之謂。言此二八華容，燕則歌舞，間則侍夜，倦則遞代而前也。

九侯淑女，多迅衆些。盛鬋不同制，實滿宮些。衆，叶音中。鬋音翦。

九侯，謂九州諸侯，猶左傳稱九伯也。淑，美也。多，猶勝也。迅，善舞輕捷貌，所謂「竦長袖以合節，紛翻翻其輕迅」者也。衆，衆妓。言此淑女勝於善舞衆妓也。鬋，鬢也。制，挽髻之法。滿宮，多也。

容態好比，順彌代些。弱顔固植，謇其有意些。代，叶音地；一作「世」，非是。植，一作「立」。謇，一作「蹇」，非是。

好，姣。比，親。彌，漸也。言侍女容既姣好，態復親比，順次以漸。代，侍也。弱顔，女態。固，久也。植，立也。謇，難言貌。謇其有意，言侍女欲言不言，而中有餘意，情多繾綣也。

姱容脩態，絙洞房些。蛾眉曼睩，目騰光些。絙、緪同義，緩也。絙、緪同義，急也，大索也。亘、亙同義，旋也，布也。集注「絙、亘同」，非是。亘音宣，集注「古鄧反」，非是。一作「緪」，非是。此當作「亘」字。

脩，飾也。姱容脩態，所謂容態好比者也。亘，回布貌。言侍姬回旋布列於洞房之中也。

曼，長細貌。睩，謹視貌。騰光，目光流轉也。

靡顔膩理，遺視矊些。離榭脩幕，侍君之閒些。矊音綿。閒音閑，叶音賢。

靡，亦柔也。膩，滑澤也。遺，留也。矊，遠視目眇眇也。離榭，别館。脩幕，大帳。自「室中」至此，言侍姬之美也。

翡帷翠帳，飾高堂些。紅壁沙版，玄玉之梁些。帳，一作「幬」。一無「之」字。

沙版，以丹沙塗版。「翡帷翠帳」二句，承上「翡翠珠被」四句而言。「紅壁沙版」二句，承上「砥室翠翹」二句而言。

仰觀刻桷，畫龍蛇些。坐堂伏檻，臨曲池些。蛇，叶音移。

仰而觀者，高堂邃宇檻層軒也。伏而臨者，川谷徑復流潺湲也。

芙蓉始發，雜芰荷些。紫莖屏風，文緣波些。文異豹飾，侍陂陁些。軒輬既低，步騎羅些。緣，一作「緑」。陂音波。陁音駞，一作「陀」。輬音京。低，通作「底」。

屏風，水葵也。文，花燦貌。緣，猶因也。花葉交錯，風蹙水動，緑波爛若，皆曲池之景也。豹飾，侍從之飾，其文斑駁如豹。陂陁，池上地。軒，藩車。輬，卧車。底，屯至也。徒行曰步，乘馬曰騎。羅，列也。言官屬之車屯至，侍衛之衆羅列也。

蘭薄户樹，瓊木籬些。魂兮歸來，何遠爲些。

薄，叢也，謂蘭之叢生者，與蕭薄之薄同。户，室内門也。户樹，謂每户必植蘭薄，取其芳也。瓊木，玉樹。籬，謂插爲籬落。自「翡帷翠帳」至此，又申述宫觀之美，足耐流覽，而因極言遊觀之樂，侍從之盛，以見其不必遠去也。下文再以燕飲歌舞推言之。

室家遂宗，食多方些。稻粢穱麥，挐黄粱些。大苦鹹酸，辛甘行些。肥牛之腱，臑若芳些。和酸若苦，陳吴羹些。胹鼈炮羔，有柘漿些。鵠酸臇鳧，煎鴻鶬些。露雞臛蠵，厲而不爽些。粔籹蜜餌，有餦餭些。瑤漿蠠勺，實羽觴些。挫糟凍飲，酎清涼些。華酌既陳，有瓊漿些。歸反故室，敬而無妨些。穱音捉。挐音袽。行，叶音杭。腱音乾。臑音儒，一作「腝」，一作「胹」，一作「耎」。若，一作「弱」。羹，叶音郎。胹音而，一作「臑」，一作「燔」。柘，一作「蔗」。臇音吮。臛音壑。露，當作「濡」。蠵音携。爽，叶音霜。粔音巨。籹音女。餦音張。餭音皇。蠠，古「幕」字，通作「幂」。勺音酌。凍，一作「涷」。酎音肘。涼，一作「凉」。「歸」下一有「來」字。一別有「歸來歸來」四字。

遂宗，遂宗族歡樂之情爲晏飲也。食多方，燕也，下正言其多方者。粢，稷也。穱，亦麥也。挐，糅合也。黃粱，粱之美者。腱，筋頭。臑，爛之也。若，杜若。用以臑腱，去羶臭，取芬芳也。酸若之若，語詞，訓及也。吴人善作羹，故曰吴羹。胹，煮也。合毛裹物而燒之曰炮。柘，藷蔗漿，味甘美。鵠酸，烹鵠而調之以酸也。臇，臛少汁也。煎，猶炙也。鴻雁，鶬鶴也。露，恐是「濡」字之訛。有菜曰羹，無菜曰臛。蠵，大龜之屬。厲，味芳烈也。爽，猶差也。粔籹，環餅也。餌，糕也。餦餭，乾餳。瑤漿，漿色如玉也。蠠以疏布，蓋尊者。勺，挹酒器也。羽觴，酒器，爲爵形似有頭尾羽翼者也。言瑤漿在尊，啓羃用勺，挹而酌於羽觴，以勸飲也。挫糟，糟，細，不完之意，酒熟而糟微未泲者。凍，沾漬貌。酎，清酒，已泲而醇者也。涼，酒氣清也。內則：「飲重醴」，謂並設清與糟而飲之。此言糟，又言酎，重醴也。酌，酒斗。瓊漿，即瑤漿。敬而無妨，言宗族歡飲也。

肴羞未通，女樂羅些。敶鍾按鼓，造新歌些。涉江采菱，發揚荷些。美人既醉，朱顏酡些。娭光眇視，目曾波些。

通，偏陳也。言肴羞未及偏陳，而女樂已將作也。女樂，即前二八侍宿者。羅，列也。揚荷，即揚阿。涉江、采菱、揚荷，皆曲名。酡，面微赤參紅白也。娭光眇視，言美人善戲謔而目光眇眇清矑的礫也。曾波，目睛如波，汪汪層轉也。

被文服纖，麗而不奇些。長髮曼鬋，豔陸離些。髮，一作鬢。

纖，細縠也。麗，華麗。不奇，不奇衺也。豔陸離，如左傳所云「玄妃鬒髮，其光可鑑」之類。

二八齊容，起鄭舞些。衽若交竿，撫案下些。竽瑟狂會，搷鳴鼓些。宮庭震驚，發激楚些。吳歈蔡謳，奏大呂些。案，一作「抵」。下，叶音户。搷，一作「填」，音殿。歈音俞。奏，一作「秦」，非是。

齊，整也，謂整容起舞。衽，舞衣襟衽也。交竿，言衣衽掉摇四轉相鉤，狀若竹竿之隨風交錯也。撫案下，言以手撫案而徐退也。狂會，並作。揁，擊也。鼓，所以節歌。震驚，起容貌。激楚，清凄曲也。歈，亦歌也。大呂，大呂調也。

士女雜坐，亂而不分些。放陳組纓，班其相紛些。鄭衛妖玩，來雜陳些。激楚之結，獨秀先些。班，一作「斑」。先，叶音新。

士女雜坐，言男女同席，合尊促坐也。放，解。陳，列也。組，所以束衣者。纓，所以結冠者。放陳云者，解而列諸他處，不爲衣冠整肅也。皆言歌舞方盛，悦心怡志，不拘禮法，以極歡心之意，與淳于髡「日暮酒闌」一段語意相似。鄭衛，鄭衛之聲。鄭衛多淫聲，故曰妖玩。結，音繚繞也。秀，清也。先，先奏。言鄭衛雜陳，而激楚先奏也。

箟蔽象棊，有六簙些。分曹並進，遒相迫些。箟，一作「琨」。蔽，一作「潎」。簙，一作

「博」。迫，叶音博。

箟，竹名。蔽，博齒。箟蔽，謂以箟竹爲蔽。象棊，以象齒爲棊。六博，六箸，十二棊也。分曹並進，言方博之時，進棊者也。相迫，言決勝之時棊勢相逼也。

成梟而牟，呼五白些。晉制犀比，費白日些。鏗鐘摇簴，揳梓瑟些。白，叶音博。日，叶音若。揳，一作「戛」。瑟，叶音朔。

簙，以五木爲子，有梟、盧、雉、犢、塞，爲勝負之采，得梟者勝，倍勝曰牟。五白，簙齒也。博已成梟，又思得牟，故將投而呼以助勝也。犀比，以犀角比合爲箸，晉之制也。費白日，久也。淳于髡所謂行酒稽留，六博投壺，蓋會飲之時局戲行酒者也。鏗，擊鐘有聲也，鐘擊則簴摇而動。揳，揮也。

娱酒不廢，沉日夜些。蘭膏明燭，華鐙錯些。結撰至思，蘭芳假些。人有所極，同心賦些。酎飲盡歡，樂先故些。魂兮歸來，反故居些。」夜，叶音注。鐙音燈，一作「雕」。

錯，讀作措。假，叶音故。酎，一作「酌」。「飲」下一有「既」字。居，叶音具。

不廢，猶不休。沉，久戀之意。錠中置燭，謂之鐙。結撰至思，謂結撰其深至之情也。假，猶藉也。古者致詞於人，必贈物以寄意，故將賦同心而先假芳蘭也。所極，即至思。當前快意，飲博呼曹，既已遂宗，念我先故，贈蘭而賦同心，欲相引以爲樂也。自「室家遂宗」至此，言燕飲歌舞之樂而招之也。

亂曰：獻歲發春兮，汩吾南征。菉蘋齊葉兮，白芷生。

獻，進也。獻歲，冬盡而又進一歲，即哀郢所謂「仲春」也。久而未返曰汩。南征，即哀郢所謂「南渡」。蘋菉芷白，仲春景物也。蓋仲春之時，郢都告驚，原正南征，故哀郢首章有「曾不知夏之爲丘」之語，而於此又因時物興歎也。

路貫廬江兮，左長薄。倚沼畦瀛兮，遥望博。

貫，通也。廬江、長薄，皆地名。左者，南征而路出其右之謂。倚，依立也。沼，水瀦之稱。畦瀛，池澤隙地。博，廣闊也。

青驪結駟兮，齊千乘。懸火延起兮，玄顔烝。烝，叶音證。

純黑爲驪。結駟齊乘，選車徒也。懸火，出火焚也。玄，天也。烝者，火光延起，勢若熏天也。按：秦拔郢，取江南、洞庭、五湖，時在仲春，哀郢章所謂「方仲春而東遷」者也。仲春焚萊以田。秦既拔郢，田於夢澤，車徒較獵，一時稱盛。原蓋遥望而見其如此。

步及驟處兮，誘騁先。抑騖若通兮，引車右還。還音旋。

步，步行。驟處，可馳之處。誘騁，若儀禮射獸之有誘射也。抑，止。騖，馳也。謂止其馳。凡田，王提馬而走，諸侯晉。晉者，使人扣馬而抑之，所謂抑騖者也。若，猶云習、便。通，通曉獵事也。引車，即周禮所謂驅逆之車，驅以出禽，逆以邀禽。右還者，既驅禽而右旋，以逆邀之者也。此則因遥望而意其如此。

與王趨夢兮，課後先。君王親發兮，憚青兕。先，叶音私。兕，叶音詞。

夢，夢澤。課，較也。課後先，猶言獵而較所獲之多少也。發，發矢。憚，獸負矢，懼也。按：楚宣王遊於雲夢，有狂兕跰車而至，王引弓射之，一發而殪，王抽旃旄抑兕首，仰天而笑，即其事也。原少事宣王，曾從獵其處，今遥望之餘，念及己事，蓋不勝今昔之感矣。

朱明承夜兮，時不可淹。皐蘭被徑兮，斯路漸。可，一作「見」，一無「可」字，一「可」下有「以」字，皆非是。漸音尖。

朱明，日也。承，續。淹，留。皐，澤也。被，通作「披」。皐蘭被徑，衆芳潦倒也。漸，徑荒没貌。言歲月已逝，殊遇難追，昔時趨夢，而今不可得矣。

湛湛江水兮，上有楓。目極千里兮，傷春心。魂兮歸來，哀江南。楓，叶音分。南，叶音寧。

楓，木名，似白楊。目極傷心，見其事而不忍也。魂兮歸來，自呼其魂而告之。宗亡國破，夢魂何依，故呼魂而告之曰：哀哉！江南非復楚有，不可與處矣。

右亂語，原自言以通結上文之意。

【校勘記】

〔一〕「些」字原脱，據集注端平本補。

屈子章句卷之六

浠川劉夢鵬雲翼氏訂
男 光鎮 光鑑 姪 光鑾 光銘 同校

哀郢 九章

太史公讀離騷、天問、招魂、哀郢，悲其志。懷沙，又其絶命之詞乎！固知此篇作於江南之野者，洵不誣。惜乎編次凌亂，僅以九章之一當哀郢，又入懷沙而出遠遊，遂不無沿訛耳。余觀九章，皆哀郢之詞也。甲朝始行，九年不復，白起一烽，南郡焦土。時原已老矣，痛國故之禾黍，念龍關之遺楸，死者何辜，生者已憊，於是哀郢而作九章以叙憂思。玩其辭，逆其志，考其山川道里所閲歷，要皆反復自明，次第相申，煩而不殺，而鬱紆之情一日九迴，迄今猶將見之，蓋較之離騷諸篇而音愈激楚矣。其首章傷蕩析之苦也，次章慨靈修之化也，三章道芬芳之未沬，四章陳遺則之願依，五章咤無益於任石，六章哀不當之朕時，七章畢辭以自著，八章曾思而遠身，九章死而不容以自疏。夫人窮則思，思苦則哀，哀而不能自解，於是往往託於詭俶幻譎之詞，乘雲羽化之説，以絶於世，豈得已哉！若屈子者，其亦可以諒之矣。

皇天之不純命兮，何百姓之震愆？民離散而相失兮，方仲春而東遷。

純之爲言篤也。震，怒之也。愆，罪之也。離散相失，民流離失所之意。東遷，遷陳也。頃襄二十一年，秦與荆人戰，大破荆，襲郢，取洞庭、五湖、江南，荆王亡走東北，保於陳城。

去故鄉而就遠兮，遵江夏以流亡。出國門而軫懷兮，甲之鼂吾以行。行，叶音杭。

故鄉，郢也。遠，謂江南，指遷所而言。遵，循也。江，大江。夏，水名。自荆州江陵東南首受江水，經監利縣，沔陽州界入漢，冬竭夏流，故謂之夏。原之初放，自夏入江而南也。軫，憂也。甲之鼂，追憶被放之年也。原放在頃襄十二年甲戌，至遷陳之年，方九匝歲，故云然。

原感社稷之墟，而因念放流之久也。

發郢都而去閭兮，怊荒忽其焉極。楫𢿱揚以容與兮，哀見君而不再得。一無「都」字。一無「怊」字。其，一作「之」，一無「其」字，皆非是。

郢都，南郡江陵也。閭即三閭。怊，悵望也。荒忽，曠杳難揖之意。容與，舟緩進貌。承上文言，己自甲朝去國之後，心不忘反，方將理楫容與，而故國已非，見君無日，能無哀乎？

望長楸而太息兮，涕淫淫其若霰。過夏首而西浮兮，顧龍門而不見。楸音秋。太，一作「歎」。

楸，梓也。故國喬木，望而流涕，傷國破也。淫淫，涕多貌。若霰，涕落貌。夏首，即江水別流爲夏之處。原既遠遷，還郢必須由江入夏，今郢爲秦拔，原過夏首，不敢由夏歸郢，故逆江西浮，回顧而不見楚也。龍門，楚都門名。

心嬋媛而傷懷兮，眇不知其所蹠。順風波而流從兮，焉洋洋而爲客。淩陽侯之氾濫兮，忽翺翔之焉薄。心絓結而不解兮，思蹇産而不釋。「其所蹠」之「其」，一作「余」，一無「其」字。蹠，叶音灼。客，叶音恪。薄音博。釋，叶音鑠。

嬋媛，牽引意。眇，遠。蹠，止也。流從，猶云從流，指西浮而言。洋洋，無所歸貌。淩，乘也，冒也。陽侯，江海大波之神。薄，泊通。絓結，心緒糾也。蹇産，詰曲貌。

將運舟而下浮兮，上洞庭而下江。去終古之所居兮，今逍遥而來東。江，叶音工。

運，轉也。下浮，自西浮下也。洞庭，山名，在沅湘諸水之間。原先逆江而上，今運舟下浮，洞庭在其西北，長江迤乎東南，故西浮不見。運舟而下，方泝沅湘之渚，復泛長江之流也。終古所居，謂郢都。逍遥，浮游不定之象。來東，對西浮言，江水東流，故謂下江爲來東。

羌靈魂之欲歸兮，何須臾而忘返？背夏浦而西思兮，哀故都之日遠。羌，一作「唴」。

夏浦，即夏首。由江小口別通爲夏，故變首言浦。前之西浮，舟過夏首。今之運舟，復背而下。西思，思郢也。舟既來東，則郢在其西矣。

登太〔二〕墳以遠望兮，聊以舒吾憂心。哀州土之平樂兮，悲江介之遺風。介，一作「界」。風，叶音分。

水中高者曰墳。遠望，望郢也。州，指故都而言。介，間。遺，餘也。哀州土之平樂，痛郢失也。悲江介之遺風，傷己流也。

當陵陽之焉至兮，淼南渡之焉如？曾不知夏之爲丘兮，孰兩東門之可蕪？淼音眇。

路史：陵陽，國近江，今宣之涇縣有陵陽山。原言將欲下江，則陵陽焉至；欲上洞庭，則南渡焉如。喪家之犬，無所歸也。夏，夏州，楚東境。丘，丘墟。兩東門，楚東二門。郢亡之時，原在放已久，故曰不知夏之爲丘。孰兩東門之可蕪，則怪而嘆之之辭。

心不怡之長久兮，憂與憂其相接。惟郢路之遼遠兮，江與夏之不可涉。

怡，悦也。相接，憂思無已也。東門既蕪，郢路方迢，江夏滔滔，不可再涉矣。

忽若去不信兮，至今九年而不復。慘鬱鬱而不通兮，蹇侘傺而含慼。一無「去」字。慼，叶音育。

忽若，猶云忽爾。去不信，言去國而不見信用也。侘傺，失志貌。原放之年至東遷之日九年有餘，言九年，舉大數也。

外承歡之汋約兮，諶荏弱而難持。忠湛湛而願進兮，妬被離而鄣之。汋音綽。荏音稔。湛，上聲。被音披，一作「披」。鄣音章。

汋約，柔弱軟媚之狀。諶，猶信也。荏，亦弱也。湛湛，深摯意。鄣，蔽也。

彼堯舜之抗行兮，瞭杳杳其薄天。衆讒人之嫉妒兮，被以不慈之僞名。一無「彼」字。瞭音了，一無「瞭」字，而作「杳冥冥」。薄音博。天，叶音汀。

抗，高也。瞭，明見也。杳杳，高遠意。薄，迫近意。薄天，謂高行峻極也。讒人害正，何患無辭？堯舜高行，且有以爲不慈者，夫亦何不可倒置哉？

憎愠惀之修美兮，好夫人之忼慨。衆踥蹀而日進兮，美超遠而愈邁。夫音扶。忼，一作「慷」。慨，一作「礚」。

愠惀，志悃貌。忼慨，假意氣任事者也。踥蹀，雜沓貌。邁，逝也。言人君惡忠悃，喜忼慨，則傾險雜進，貞臣遠舉矣。

亂曰：曼余目以流觀兮，冀壹反之何時？鳥飛返故鄉兮，狐死必首丘。信非吾罪而棄逐兮，何日夜而忘之？曼音萬。丘，叶音欺。

曼，引也。流觀，反復觀也。記曰：「鳥獸喪其羣匹，越月踰時，則必反巡過其故鄉。」丘，狐所藏之地。生而樂于此，及死，猶必正首向之，不忘本也。

右第一章。九年不復，壹反何期？宗社丘虚，風景變色，嘅西浮之不見，將運舟其焉如？望遠舒心，凄其在目。此九章之首也，下八章皆承此章之意而申言之。舊列第三章，今次第一。

心鬱鬱之憂思兮，獨永嘆乎增傷。思蹇産之不釋兮，曼遭夜之方長。一無「心」字。曼、漫通。

悲秋風之動容兮，何四極之浮浮。數惟蓀之多怒兮，傷余心之懮懮。「悲」下一有「夫」字。四極，一作「回極」，非是。數音朔。蓀，一作「荃」。懮音憂。

秋風動容，感時而悲，日暮也。四極，四方之極。浮浮，蕩摇靡定之意。數，屢也。惟，思也。蓀，寓言荀芳之人，猶離騷所謂荃也。懮，痛也。

願遥赴而横奔兮，覽民尤以自鎮。結微情以陳詞兮，矯以遺夫美人。鎮音珍。

遥赴，自遠歸國也。横奔，急蹶趨赴之意。尤，過之也。民尤，即所謂蓀多怒者。鎮，止也。將欲遥赴，又因多怒而自止，不敢前也。矯，舉也。遺者，以言相致之謂。不敢遽前，於是結情陳詞以遺夫美人。美人寓言同志之賢，即下章所頌者也。

昔君與我成言兮，曰黄昏以爲期。羌中道而回畔兮，反既有此他志。成，一作「誠」。曰，一作「日」。志，叶音之。

此所謂君，指美人而言，古人相謂有此通稱也。言美人與己前曾向若輩約有成言，而若輩負之也。回，邪也。畔，去也。既，既而轉念也。大意與離騷蘭芷變而不芳、蕙化而爲茅略同，嘆蓀芳之不終也。

憍吾以其美好兮，覽余以其修姱。與余言而不信兮，蓋爲余而造怒。憍與驕同。覽，一作「鑒」。姱，叶音户。蓋，一作「盍」。爲去聲。

憍，矜也。覽，示也。言蓀自謂美好而誇示於己。信，實也。矜己誇人而所言不信，離騷所謂無實、容長者也。造怒，猶離騷所云燱怒。

願承間而自察兮，心震悼而不敢。悲夷猶而冀進兮，心怛傷之憺憺。怛，一作「怕」，非是。憺，叶音膽。

察，白也。憺憺，傷意。蓀言既多，不信造怒，日復相尋，於是欲承間自察，而謡諑方張，口衆我寡，又震悼而不敢，惟日夷猶冀進，憺憺自傷而已。

茲歷情以陳辭兮，蓀詳聾而不聞。固切人之不媚兮，衆果以我爲患。茲歷，一作「歷茲」。詳音佯，與佯同。患，叶音魂。

茲，此。歷，盡也。切人，切急之人，原自謂。言當此媒絶路阻之時，歷情陳説，付之罔聞。此亦陳情急切，不善娬媚，故衆遂果以我爲病也。

初吾所陳之耿著兮，豈至今其庸亡？何獨樂斯之謇謇兮，願蓀美之可完。一「豈」下有「不」字，非是。亡，當作「忘」，古字通也。獨，一作「毒」，非是。謇，通作「謇」，古字通也。完，叶音方。

耿著，大白也。我陳耿著，豈蓀竟忘之耶？我何樂爲是謇謇忠告哉！亦望衆無委美，無爲靈修之化而已。

望前聖以爲像兮，指彭咸以爲儀。夫何極而不至兮，故遠聞而難虧。一作「望三五」，一作「望前聖」，今從「前聖」。聞音問。

像、儀，並法則意。虧，缺也。此承上願蓀美可完之意而言也。

善不繇外來兮，名不可以虛作。孰無施而有報兮，孰不實而有穫？實，一作「殖」。穫，一作「獲」，非是。穫，叶音霍。

不由外來，不由虛作，豈憍而覽之所可襲乎？施而後報，人之情也。實而後穫，物之理也。兩舉爲方，原之爲數化者㝡至矣！

少歌曰：與美人之抽思兮，並日夜而無正。憍吾以其美好兮，敖朕辭而不聽。少，一作「小」。一無「之」字。並，一作「弃」。「日」下一有「憾」字。「夜」下一無「而」字。「之」字以下皆非是。正，叶音征。敖與傲同。聽，平聲。敖，一作「謷」。

少歌，樂章音節之名。抽思，翻覆思也。正，定也。言己與美人見蓀美不完，日夜抽思，仿皇莫定，而蓀之憍美敖詞如故，無可如何也。

倡曰：有鳥自南兮，來集漢北。好姱佳麗兮，牉獨處此異域。既惸獨而不羣兮，又無良媒在其側。道卓遠而日忘兮，願自申而不得。望北山而流涕兮，臨流水而太息。倡，讀曰唱。牉音判。不，一作「未」。北山，一作「南山」，非是。流，一作「深」。

倡，亦歌之音節，所謂發歌句者也。鳥，原自喻。南，江南沅湘之間，上章所謂南渡也。漢北，漢水之北，上庸諸郡皆是。頃襄十九年，割漢北上庸與秦，及秦拔郢，江南、漢北盡屬秦有。原因南渡無之，來集漢北又復卓遠，自傷臨流太息也。北山，即漢北之山。

望孟夏之短夜兮，何晦明之若歲。惟郢路之遼遠兮，魂一夕而九逝。

來東之舟，集于漢北，卓遠無媒，夢魂俱逝，原之哀郢至矣。

曾不知路之曲直兮，南指月與列星。願徑逝而不得兮，魂識路之營營。一本「南指」至「得兮」十三字在「營營」之下，非是。營營，一作「熒熒」。

不知曲直，謂遼遠也。自漢北指郢，則郢在其南。營營，回旋貌。不知曲直，徑逝不得，而既指月星，故營營之路魂猶識之也。

何靈魂之信直兮，人之心不與吾心同。理弱而媒不通兮，尚不知余之從容。

信直，誠也。人之心不與吾心同，爲靈修數化者言也。從容者，容與冀進，不爲悻悻之意。

亂曰：長瀨湍流，泝江潭兮。狂顧南行，聊以娱心兮。潭，叶音尋。

瀨湍，水淺而疾也。逆流曰泝。潭，水深貌。自漢北面南，由漢達江，泝回而上也。狂顧，憂惶驚視之貌。南行，赴郢也。時郢都已失，猶狂顧南行者，即首章鳥返故鄉、狐死首丘之意。原心在郢，故謂南行爲娱心。

軫石崴嵬，蹇吾願兮。超回志度，行隱進兮。崴音隈。進，叶音薦。

軫，大貌。崴嵬，險意。願鬱紆不得伸，故曰蹇。蓋侘傺失志之人，而又歷此險難諸境，愈增困頓也。超，越也。回，邪也。志，謂志之。度，法度。己雖困極而所守不變，超越回邪，心存法度，行誼不虧，隱隱自進而已。

低佪夷猶，宿北姑兮。煩寃瞀容，實沛徂兮。瞀音茂。

北姑，地名。疑即上文所謂北山，言南行而宿於此也。煩冤，中鬱結也。瞀容，貌憒亂也。沛，發動舟也。

愁嘆苦神，靈遥思兮。路遠處幽，又無行媒兮。

靈，靈魂。此即前倡辭之意，而反復之者也。

道思作頌，聊以自救兮。憂思不遂，斯言誰告兮。一無「以」字。告，叶音轂。

道，南行道也。原因敖辭不信，委美不完，痛荀芳之難持，傷靈修之數化，煢煢南行，而思獨立不流之賢，爲之作頌如下章云云也。救，解也。

右第二章，承上章下江而言也。東來之舟，既背夏首，則原不涉夏而入漢。卓遠無媒，月星南指，原真冀反者哉！舊名其章曰抽思，列第四章，今次第二章。

后皇嘉樹，橘徠服兮。受命不遷，生南國兮。徠，一作「來」。國，叶音域。

服，與土性宜也。橘踰淮而爲枳，若受天所命，不可遷移。原蓋借以寓言於賢者也。

深固難徙，更壹志兮。緑葉素榮，紛其可喜兮。榮，一作「華」。喜，叶音戲，一作「嘉」。

深固，言其植根之深。壹志，言其秉性之確。緑葉，言其葉。素榮，言其華。

曾枝剡棘，圓果摶兮。青黄雜糅，文章爛兮。曾，通作「層」。摶，叶音端。爛，叶音闌。

曾，重疊貌。剡，鋭出貌。棘，叢也。摶，圓貌。果初色青，其熟色黄。雜糅，不一色也。

精色内白，類任道兮。紛緼宜修，姱而不醜兮。道，叶音斗。一作「可任」，非是。紛音墳。緼音氲。

精色，橘外色純粹也。内白，橘内色潔白也。是有類於任道之君子，外有晬[二]盎之容，内懷潔清之志也。紛緼，盛貌。宜者，兩較而恰好相當之意。修、姱，修指任道者言也；姱而不醜，言任道者有大美而無小疵。橘之紛緼者，適與宜也。

嗟爾幼志，有以異兮。獨立不遷，豈不可喜兮。喜，叶音見上。

爾即指所寓言之賢者。上方贊橘，於此又直即其人而嘆美之。其獨立不遷，有似於橘之受命不遷也。

深固難徙，廓其無求兮。蘇世獨立，横而不流兮。

廓，志意廣也。深固難徙，廓其無求，有似於橘之深固壹志也。蘇，不安意。蘇世獨立，謂不安流俗而卓爾獨立也。横，獨立貌。此二句蓋即難徙、無求而深贊之之辭。

閉心自慎，終不遇失兮。秉德無私，參天地兮。閉，一作「閑」，非是。失，叶音試；一作「失過」，一無「失」字，皆非是。

閉，歛也。閉心自慎，成於敬也。秉德無私，熟以仁也。

願歲并謝，與長友兮。淑離不淫，梗其有理兮。友，叶音以。一「離」下有「而」字。

言己願於衆芳萎謝之時，長與爲友。淑，善也。離，如「離立」。淑離者，善行孤特之意。淑離不淫，中立而不倚者也。梗，强貌。有理，不亂也。

年歲雖少，可師長兮。行比伯夷，置以爲像兮。少，上聲。長，平聲。行，去聲。像，叶音相。

年歲，猶云時日。原言己雖衰老，爲日不多，而若此之人，可師者實長也。變友言師者，友親之，而師則尊之矣。行比伯夷，蓋深贊之之詞。

右第三章，即上章所謂「道思作頌」者也。原所謂橘必有所指，然不知其爲誰何。舊名其章曰橘頌，列第八章，今次第三章。

思美人兮，擥涕而竚眙。媒絶路阻兮，言不可結而詒。眙，箸去聲。媒，一作「路」。路，一作「媒」。「絶」下一有「而道」字。一無下「而」字。詒，叶音異。

所謂美人，蓋即前章所頌者。前章既寓言於橘，願置爲像矣，於此又欲向美人而結言者，既傷蓀美之不完，將明己志之難屈。淑離不淫，隱有同契，原其不見外於君子乎！竚，久立貌。眙，直視。

蹇蹇之煩冤兮，陷滯而不發。申旦以舒中情兮，志沉菀而莫達。冤，一作「惋」。陷，一作「滔」。以，一作「不」。一無「志」字。菀音鬱。莫，一作「不」。

蹇蹇，困頓貌。陷，害。滯，塞也。申達其情，旦明其志。菀，積也。

願寄言於浮雲兮，遇豐隆而不將。因歸鳥而致辭兮，羌迅高而難當。迅，一作「宿」。當，一作「寓」，非是。

將，陳也。當，猶遇也。豐隆既不我將，而歸鳥迅高，不得一遇，所以長此沉菀，舒情無期也。

高辛之靈晟兮，遭玄鳥而致詒。欲變節以從俗兮，媿易初而屈志。晟，一作「盛」，一作「威」。詒如字。志，叶音之。一並叶去聲。

玄鳥事見商頌。結言無路，憂思彌切，或者得如高辛靈晟，玄鳥詒女，則沉菀得達，中情可舒，無復媒絶路阻之憂矣。「變節」以下至「曛黄爲期」，則皆所詒之言，自言與中道回畔者異也。

獨歷年而離愍兮，羌馮心猶未化。寧隱閔而壽考兮，何變易之可爲。離、罹通。馮，通作「憑」。化，叶音規。閔，一作「愍」。易之，一作「初而」。

憑，持也。化，變也。寧，願詞也。壽考，猶云終身。

知前轍之不遂兮，未改此度。車既覆而馬顛兮，蹇獨懷此異路。轍，一作「道」。未，一作「末」。「度」下一有「也」字。

言明知前途多阻，而常度不改。車覆馬顛，不遂之極也。蹇，不遂意。路之所由，與衆不同，故曰異。蹇而懷此異路，所謂未改度者也。

勒騏驥而更駕兮，造父爲我操之。遷逡次而勿驅兮，聊假日以須時。指嶓冢之西隈兮，與曛黄以爲期。更，平聲。造，去聲。父音甫。爲，去聲。我，一作「余」。之，叶下。時、期爲韻。隈，一作「隅」。曛，一作「纁」。

騏驥，自喻。造父爲美人喻。言顛覆之餘，異路更駕，猶望造父爲之軌御也。逡次，緩進意。假日、須時，望造父之操也。嶓冢，漢水所出。原自漢北南征，故指近山爲言。曛黄，日入之色。薄暮西山，衰老已迫，而此心未忘，故結言而與美人相期。蓋因時俗流從，不忍易初屈志，而屬望美人之共濟也。

開春發歲兮，白日出之悠悠。吾將蕩志而愉樂兮，遵江夏以娱憂。將，一作「且」。蕩音盪。

開春，據其時而言。歲之始曰發。遵江夏以娱憂，即上章「泝江潭」也。下江而集漢北，自江入漢也。南行而遵江夏，自漢入江也。娱憂，猶云寬解憂思之意。

擥大薄之芳茝兮，搴長洲之宿莽。惜吾不及古之人兮，吾誰與玩此芳草？擥，一作「檻」。茝，一作「芷」。莽，叶音母。惜，一作「然」。一無「之」字。草，叶音組。

薄，林薄。擥、搴，皆自採羣芳之意。此又因詒美人而自傷不及與古爲徒也。

解萹[三]薄與雜菜兮，備以爲交佩。佩繽紛以繚轉兮，遂萎絶而離異。吾且儃佪以娱憂兮，觀南人之變態。萹音匾。備，一作「修」。佩，叶音備。以，一作「其」。繚音了。儃佪，一作「徘徊」。態，叶音替。

解，去之也。萹，萹蓄。薄，萹叢生者。萹薄、雜菜，皆不芳者，故解去之，而備取諸芳以左右佩也。繽紛、繚轉，芳佩垂委縈拂之狀。遂，遽也。萎絶、離異，凋傷失偶也。是時郢都雖失，楚之舊人蓋猶有在郢者，故目之曰南人。變態，即離騷蘭芷變而不芳、荃蕙化而爲茅之意。原見其委美流從，故且儃佪觀之也。

竊快在其中心兮，揚厥憑而不竢。芳與澤其雜糅兮，羌芳華自中出。「竊」上一有「無」字。快，一作「怪」，非是。一無「在」字，一無「其」字，一無「在其」二字。竢，叶音類。出，叶音對。

揚，表而出之之謂。中所依據曰憑。澤，潤意。雜糅，合貌。言中有所得，無竢於揚，而芳澤難掩，誠於中者，自形於外也。

紛郁郁其遠烝兮，滿内而外揚。情與質信可保兮，羌居蔽而聞章。烝，一作「承」。

居，一作「重」。羌居，一作「居重」。聞，去聲。

郁郁，盛也。烝，芳氣遠達也。滿内外揚，即所謂芳華自中出也。情與質信可保，自信不失，離騷所謂芬至今其未沫者也。蔽，猶障也。蔽而聞章，惟滿内然也。

令薜荔以爲理兮，憚舉趾而緣木。因芙蓉以爲媒兮，憚褰裳而濡足。以，一作「而」。因，一作「用」。

薜荔緣生木石。芙蓉産於水裔。憚之云者，因媒絶路阻而托於有所畏也。

登高吾不説兮，入下吾不能。固朕形之不服兮，然容與而狐疑。説音悦。能，叶音泥。

登高不説，憚緣木也。入下不能，憚濡足也。形，容也。繽紛繚轉，原有姱容而世俗不服，遭離異也。狐疑者，進退維谷，若難自決之辭。

廣遂前畫兮，未改此度也。命則處幽，吾將罷兮，願及白日之未暮也。獨煢煢而南行兮，思彭咸之故也。一無「則」字。罷，讀作疲。「暮」下一無「也」字。

畫，謀也。罷，衰老意。願及白日之未暮，與曛黄爲期也。煢煢，獨行無偶之狀。彭咸，即所云惜不及古之人者。蓋既以堅志遺於美人，因言己將與古爲徒也。

右第四章，承上章置以爲像，而又尚友於古人也。舊名其章曰思美人，列第六章，今次第四章。

悲回風之摇蕙兮，心寃結而内傷。物有微而隕性兮，聲有隱而先倡。寃，一作「菀」。

回風，風回旋也。回風摇蕙，比讒邪傷善之意。物即蕙，聲即風。微而隕性，不必在大；隱而先倡，不必在顯。其幾已兆，其勢必張，撫景興懷，能無悲乎？

夫何彭咸之造思兮，暨志介[四]而不忘。萬變其情豈可蓋兮，孰虚僞之可長？一

「其」字在「豈」字下。

因回風之摇蕙，益感彭咸之思。夫何云云者，若爲自叩之詞也。造思，猶云結想。暨，堅毅意。介，猶耿也。蓋，掩覆之謂。言南人變態，靈修數化，無實容長，豈可欺人，焉有虚詞憍美而能長者乎？

鳥獸鳴以號羣兮，草苴比而不芳。魚葺鱗以自别兮，蛟龍隱其文章。故荼薺不同畆兮，蘭茝幽而獨芳。號音豪。荼音徒。薺，一作「苦」。茝，一作「芷」。

鳥獸號羣，草苴相比，喻小人比周之意。魚葺鱗以自别，庸流修飾以自異。蛟龍隱其文章，君子晦迹而藏身。荼苦薺甘，生不同畆，邪正原不並植，故蘭茝幽僻，獨有孤芳，不與衆溷也。

惟佳人之永都兮，更統世以自貺。眇遠志之所及兮，憐浮雲之相羊。介眇志之所感兮，竊賦詩之所明。貺，叶音荒。明，叶音芒。

佳人，即所遺所思之美人。都，善也。統，合也。貺，與也。荼薺異處，幽蘭獨芳。當此回風摇蕙之日，獨有佳人，不自委美，永葆靈修，更合一世之善以爲己善，而無有矜己誇人、傲詞不聽之事，故遠志及之也。相羊，浮游貌。介，解見前。内有遠志，而朕時不當，相羊可憐，感激于中，故欲賦詩自明如下文所云也。

惟佳人之獨懷兮，折芳椒以自處。曾歔欷之嗟嗟兮，獨隱伏而思慮。芳，一作「若」。曾音增，一作「增」。伏，一作「居」。

言己懷念美人，益珍芳修，隱伏思慮，身放流而心君國也。

涕泣交而淒淒兮，思不眠以至曙。終長夜之曼曼兮，掩此哀而不去。一「交」下有「流」字。

思之之至極而哀涕。掩，抑止之也。

寤從容以周流兮，聊逍遥以自恃。傷太息之愍憐兮，氣於邑而不可止。「容」下「以」字一作「而」。恃，當作「持」。憐，一作「嘆」。止，叶音祇。

自持，自鎮其情，無令過傷之意。言長夜多哀，至於達曙，庶幾寤而從容，逍遥自持，而又卒不可止。於邑，不伸也。

糺思心以爲纕兮，編愁苦以爲膺。折若木以蔽光兮，隨飄風之所仍。糺音糾。纕，一作「瓖」。

糺思、編愁，愁思繚繞、緒結不解之意，不敢愈疏之情也。折木蔽光，欲晦之速也。長夜不眠，則望早曙；周流於邑，則思蔽光，「多愁嫌晝永，懷哀畏漏遲」者也。仍，頻加也。隨也者，安乎遇之詞。

存髣髴而不見兮，心踊躍其若湯。撫珮衽以案志兮，超惘惘而遂行。踊躍，一作「沸怒」。行，叶音杭。

髣髴不見，思君之至，髣髴其儀容而終不得見也。若湯，歸思沸騰也。案，考也。超，急舉貌。惘惘，思切急而神昏憒也。惘惘遂行，猶上章煢煢南行之意。自「惟佳人之獨[五]懷」至此，歸所云賦詩自明者。

歲曶曶其若頹兮，旹亦冉冉而將至。薠蘅槁而節離兮，芳已歇而不比。曶音忽。旹，古時字。薠，亦作「蘩」。已，一作「以」。比音鼻。

歲頹，歲將暮也。時至，年將老也。薠潔蘅芳，槁而節離，言零落也。不比，謂無與合。

憐思心之不可懲兮，證此言之不可聊。寧溘死而流亡兮，不忍此心之常愁。聊，叶音留。溘，一作「逝」。此心，一作「爲此」。

懲，禁也。此言，指所賦之詩。聊，賴也。

孤子唫而抆淚兮，放子出而不還。孰能思而不隱兮，昭彭咸之所聞。唫，古吟字。

抆音勿，一作「收」。還，叶音旮。昭，一作「照」，非是。

唫，呻吟。隱，痛也。處此窮愁，有思必痛，彭咸詔我，遺則不變也。

登石巒以望遠[六]兮，路眇眇之默默。入影響之無應兮，聞省想而不可得。響，一作「嚮」。

山小而鋭曰巒。望，望郢也。眇眇，遠也。默默，黑也。望遠而精絶目窅之境也。影響無應，卓遠阻絶，消息不通之意。省想，思也。去國既遠，遥聞省思，反己無期，可想望而不可得見也。

愁鬱鬱之無快兮，居戚戚而不可解。心鞿羈而不開兮，氣繚轉而自締。之，一作「而」。快，一作「決」。一無「可」字。解，叶音己。開，一作「形」。

鞿羈，心緒結也。氣繚轉，言氣鬱紆戾繚而回轉也。惟不可得，故憂思如此。

穆眇眇之無垠兮，莽芒芒之無儀。聲有隱而相感兮，物有純而不可爲。

穆，即上默默意。莽，草亂貌。芒芒，荒郊草衰之象。無儀，猶言不成景象。登望故國，觸目生哀，而見其狀如此，黍離之痛也。聲，風聲。純，猶美也。適聽回風之聲，動己無窮之感。蕙生非時，不免摇落，雖有其美，而終不可爲，其如此回風何哉？

邈漫漫之不可量兮，縹綿綿之不可紆。愁悄悄之常悲兮，翩冥冥之不可娱。凌大波而流風兮，託彭咸之所居。

邈，一作「藐」。漫，一作「蔓」。縹音飄，義通。

漫漫，遠也。縹，心緒微也。綿綿，不絶也。邈漫漫，去國道遠也。縹綿綿，思君情長也。翩，遠翥貌。冥冥，境幽僻也。愁悄悄，以綿不可紆而言。翩冥冥，以漫不可量而言。流風，謂從流隨風，不拘所泊也。託彭咸之所居，與離騷亂語同意。

上高巖之峭岸兮，處雌蜺之標顛。據青冥而攄虹兮，遂儵忽而捫天。

峭，一作「陗」。攄音樞。儵音倏。

虹之雌者曰蜺。標，杪也。顛，頂也。攄，舒之也。寓言抗行之高有若是也。

吸湛露之浮涼兮，漱凝霜之雰雰。依風穴以自息兮，忽傾寤以嬋媛。涼，一作「源」，非是。雰，叶音番。嬋媛，一作「儃佪」，非是。

吸露、漱霜，寓言所志之潔也。志潔行高，所謂託彭咸之所居者也。風穴自息，飛仙御風，不紲塵氛之意。嬋媛，解見首章。言己將遂初解脱，高尚志行，又忽傾寤嬋媛，不忘君國也。

馮崑崙以瀓霧兮，隱峧山以清江。憚涌湍之磕磕兮，聽波聲之洶洶。瀓，一作「瞰」。「霧」下一有「露」字。江，叶音虹。

馮，依也。崑崙，山之最高者。瀓，瀓之也。霧，雺亂之氣。隱，亦馮也。峧山，江水所出。清，清之也。江下流淤濁，故隱峧山以澄源也。馮崑崙、隱峧山，即「上高巖」四句之意。瀓霧、清江，則不但自吸自漱而已，蓋欲舉一世而潔清之，上文所謂嬋媛者也。磕磕，水石聲。洶洶，風水聲。寓言狂瀾既倒，波流溷濁之意。憚之云者，事難爲而對境心駭也。

紛容容之無經兮，罔芒芒之無紀。軋洋洋之無從兮，馳委移之焉止。移，一作「蛇」。止，一作「至」。

容容，飛揚貌。容容無經，言神思飛揚而無緒也。芒，通作「茫」。芒芒無紀，煩瞀昏茫，不可紀極也。軋，轉轂前行貌，進也。洋洋，無所歸貌。委移，車緩將止貌，退也。言進則無所從，退則無所止也。本上文從彭咸而依，則仍故我之嬋媛，而因自言其己心煩亂，進退維谷如此。

漂翻翻其上下兮，翼遥遥其左右。氾潏潏其前後兮，伴張弛之信期。漂，一作「飄」。翻，一作「幡」，一作「旛」。右，叶音以。潏音決。期，叶音己。

漂，浮舟行也。翼舟名氾，亦浮舟意。此三句皆言泝流江潭，風波不定之象。秋冬陰氣嚴肅，張也；春夏陽氣寬舒，弛也。寒暑往來，按候不爽，故曰信期。伴信期者，言己在放，幾閱寒暑也。

觀炎氣之相仍兮，窺烟液之所積。悲霜雪之俱下兮，聽潮水之相擊。液音亦。

觀炎氣，夏也。炎氣鬱爲烟雲，雲出湊爲膏雨。悲霜雪，冬也。相擊，潮盛貌。聽潮擊，春與秋也。潮水平於冬夏，擊於春秋，言歷四時伴信期也。

借光景以往來兮，施黄棘之枉策。求介子之所存兮，見伯夷之放迹。心調度而弗去兮，刻著志之無適。弗，一作「不」。

借光景，猶云假時日。施，陳也。枉策，策之不善。黄棘，地名。楚懷王迎婦於秦，會于黄棘，即其處也。按楚懷與秦和親，客死武關，頃襄與秦和親，竄於陳城，覆轍相尋，隳義速寇。原被放九年，西浮東下，漢北南指，往來流觀，目擊心傷，故欲陳其策之枉。不言宛、鄢而獨舉黄棘者，禍成宛、鄢之會，實作俑黄棘之盟，故即往事爲言也。介子不求晉禄，隱于綿山。伯夷耻食周粟，隱于首陽。原欲陳枉策，而以二子自方者，言但願一陳其枉，不復求仕，雖如二子遯逸終身，所甘心也。調度，解見離騷。刻，猶期也。著，明適之也。言己調和志度，不能遂去如介子、伯夷者，急欲陳説明白，而又無由也。

曰：吾怨往昔之所冀兮，悼來者之悐悐。浮江淮而入海兮，從子胥而自適。望大河之洲渚兮，悲申徒之抗迹。驟諫君而不聽兮，任重石之何益？心絓結而不解兮，思蹇產而不釋。一無「昔」字。悐音惕，一作「逖」。

曰者，別於上文而更舉之詞。怨，怨其不遂也。往昔所冀，即冀反冀進也。悐悐，憂懼貌。子胥諫吳王夫差，不聽，殺之，盛以鴟夷而浮之江。原言己欲浮而從之也。申徒狄諫紂，不聽，負石自死於河。原言其行高而遇窮，重可悲也。此四句相爲抑揚，言方欲從之，又重悲之。因言人臣事君，驟諫不聽，一死奚裨？己蓋有不敢遽效二子之所爲者，故長此絓結蹇產，不能自釋。誰謂原忿懟湛身哉？蓋至不得已而後死耳。

右第五章，因上章思彭咸之意而反復言之。舊名其章曰悲回風，列第九章，今次第五章。

余幼好此奇服兮，年既老而不衰。帶長鋏之陸離兮，冠切雲之崔嵬。冠，去聲。嵬，一作「巍」，並叶音危。

奇服，喻志行也。長鋏，劍名。切雲，冠名。崔嵬，高貌。皆奇服也。

被明月兮珮寶璐，世溷濁而莫余知。吾方高馳而不顧兮，駕青虬兮驂白螭。「知」下一有「兮」字。「顧」下一無「兮」字，非是。

明月，美珠。寶璐，美玉。高馳不顧，抗志勵行，不顧時好也。

吾與重華遊兮瑶之圃，登崑崙兮食玉英。吾與天地兮比壽，與日月兮齊光。哀南夷之莫吾知兮，旦余將濟乎江湘。英，叶音央。比，一作「同」。一無「將」字。乎，一作「於」。

遊瑶圃、登崑崙，即所謂高馳也。玉英，蓋瓊漿之類。食玉英，吸粹精也。天地比壽，言不朽。日月齊光，言有耀。南夷，如孟子東夷西夷之稱，謂郢也。南人變態，萋美實甚，誰與玩芳？予將濟江湘矣。江，統下沅、辰、溆諸水而言。

乘鄂渚而反顧兮，欸秋冬之緒風。步余馬兮山皋，邸余車兮方林。欸音哀。風，叶音分。邸，一作「低」，非是。

鄂渚，渚名。在今岳州北。緒，餘也。方林，地名。邸，止車也。

乘舲船余上沅兮，齊吴榜而擊汰。船容與而不進兮，淹回水而凝滯。凝，一作「疑」，非是。滯，叶音帶。

舲船，船有窗牖者。齊，並舉也。榜，櫂也。吴榜，榜名，蓋倣吴人之制爲之者，若云越舲、蜀艇之類。汰，水波也。

朝發枉陼兮，夕宿辰〔七〕陽。苟余心之端直兮，雖僻遠其何傷。之，一作「其」。僻，一作「辟」。其，一作「之」。

枉、辰，並水名。水經：沅水東過辰陽縣，東南合辰水，又東歷小灣，謂之枉渚。

入溆浦余儃佪兮，迷不知吾所如。深林杳以冥冥兮，乃猨狖之所居。「吾」下一有「之」字。「杳」下一有複出「杳」字，一作「晦」。冥冥，一作「冥寞」。一無「乃」字。「晦」字以下皆非是。狖同貁，音又。

溆，亦水名。深林杳冥，言地僻多山也。

山峻高以蔽日兮，下幽晦以多雨。霰雪紛其無垠兮，雲霏霏而承宇。「高」下「以」一作「而」。

霰，雨凍如珠，將爲雪者也。宇，屋簷。承宇者，雲氣迷離，接簷宇也。皆極言深林杳冥之境。

哀吾生之無樂兮，幽獨處乎山中。吾不能變心以從俗兮，固將愁苦而終窮。

自嘆己不從俗，以致窮困也。

接輿髡首兮，桑扈臝行。忠不必用兮，賢不必以。伍子逢殃兮，比干菹醢。臝同裸。當作「桑扈臝行兮接輿髡首」。髡音坤。首，叶音始。醢，叶音喜。

接輿佯狂自髡，桑扈不衣冠而處，二子蓋愁苦終窮，深自放廢者也。以，亦用也。伍子事，解見上章。比干事，見離騷、天問。忠不必用，賢不必以，言遇合難期也。逢殃、菹醢，則又不但不用、不以而已。

與前世而皆然兮，吾又何怨乎今之人？余將董道而不豫兮，固將重昏而終身。

董，正也。豫，疑也。忠謗信疑，古人有然。我亦何怨？亦惟守正道而不疑，雖長此昏昏，没世不能自明，亦安之若素可已。

亂曰：鸞鳥鳳皇，日以遠兮。燕雀烏鵲，巢堂壇兮。壇，叶音善。

鸞鳳比君子，燕雀比小人。

露申辛夷，死林薄兮。腥臊並御，芳不得薄兮。下薄字音博。

露，著。申，達也。辛夷，芳草。草木交錯曰薄。御，進。薄，近也。芳以比君子，臭以比小人。

陰陽易位，時不當兮。懷信侘傺，忽乎吾將行兮。一無「忽」字，非是。行，叶音杭。

君子爲陽，小人爲陰，易位言倒置也。不當，猶云不遇。將行，謂將濟江湘。

右第六章，承上章惘惘遂行而言己將濟江湘也。舊列第一章之上，名其章曰涉江，今更定焉。

惜往日之曾信兮，受命詔以昭時。奉先功以照下兮，明法度之嫌疑。時，一作「詩」，非是。

往日，爲懷王左徒之日也。往日曾信，本傳所謂「王甚任之」者也。昭時，謂昭明時政。奉，承也。先功，猶云前烈。照，明之也。下，謂臣與民。事有同異而可疑，曰嫌疑。

國富强而法立兮，屬貞臣而日娭。秘密事之載心兮，雖過失猶弗治。屬音燭。娭與嬰同音。希，一作「娛」，非是。秘，一作「移」。窞，一作「察」。弗，一作「不」。治，如字，平聲。

屬，委也。貞臣，原自謂。娭，悦也，樂也。任賢逸而幾務理，故悦樂也。秘密載心，自言深謀遠慮，乃心國事之意。治，猶責也。己偶過失，而王恕不深責，故己得從容盡所長也。

心純龐而不泄兮，遭讒人而嫉之。君含怒以待臣兮，不清澂其然否。泄，一作「貫」。嫉之，一作「倿嫉」。澂，一作「徹」。皆非是。否，叶音悲。

龐，厚也。純龐不泄，言心真純渾厚，蘊結中誠而不散也。清澂，辨也。

蔽晦君之聰明兮，虚惑誤又以欺。弗參驗以考實兮，遠遷臣而弗思。信讒諛之溷濁兮，盛氣志而過之。虚惑誤，一作「或虚言」。溷濁，一作「浮説」。

此所謂君，指頃襄也。虚，僞也。惑誤，蔽惑而誤國事。又以欺者，黨人前以虚僞惑誤懷王，而今又欺頃襄也。過，罪也。

何貞臣之無罪兮，被讒謗而見尤。慙光景之誠信兮，身幽隱而備之。讒，一作「離」。尤，叶音怡。

慙光景，謂寒暑代禪，信期如謝，己將衰老，對景自慙也。身，身入。備，備嘗。

臨沅湘之玄淵兮，遂自忍而沉流。卒没身而絶名兮，惜廱君之不昭。沅，一作「江」。遂，一作「不」。没，一作「沉」。絶，一作「滅」。廱，古壅字。昭，叶音周。

即第五章負石無益之意。言己若遽爾沉流，則黨人蔽惑，己忠不昭，爲可惜也。

君無度而弗察兮，使芳草爲藪幽。焉舒情而抽信兮，恬死亡而不聊。獨鄣廱而蔽隱兮，使貞臣而無繇。聊，叶音流。貞，一作「忠」。而，一作「爲」。

度，所以度物而知長短者也。君無度以爲度，則忠佞不分，即有芬芳亦棄爲藪幽而已。舒，發也。抽者，取而示之之意。信，中心之誠也。言何日得一舒情抽信，陳白己志乎？苟得如此，則亦安於死亡，不爲苟生，乃卒遭鄣蔽，欲陳無由，其奈之何也。

聞伯里之爲虜兮，伊尹烹於庖厨。呂望屠於朝歌兮，甯戚歌而飯牛。不遭[八]湯武與桓繆兮，世孰云而知之？厨，叶音稠。武，當作「文」。之，叶音周。

伯里，伊尹事。辨見孟子。蓋戰國時多爲此語者。餘並見離騷、天問。

吴信讒而弗味兮，子胥死而後憂。介子忠而立枯[九]兮，文君寤而追求。

味者，審而嗜之之意。言吴信伯嚭讒言，弗味子胥忠諫，卒遭滅亡也。介子推從晉文出亡，晉文反國，賞從亡者，不及推，推逃隱綿山。文後悔悟，使人求推，推必不出，遂自焚死。二子皆忠，而死各不同，故下文遂申言之。

封介山而爲之禁兮，報大德之優遊。思久故之親身兮，因縞素而哭之。「山」下一無「而」字。之，叶音周。

推既死，文公因祀以綿上之田，名其所隱之山曰介山，禁民不得樵採，以報其德。推從亡一十九年，故曰久故。親身，謂患難相親依，未嘗離也。此言推遇賢君，雖死而君猶思之如此。

或忠信而死節兮，或訑謾而不疑。弗省察而按實兮，聽讒人之虚詞。芳與澤其雜糅兮，孰申旦而列〔十〕之？訑音移，一作「施」。

或之者，有所指之辭也。伍胥忠信，宰嚭訑謾，故或之。雜糅、申旦，並解見第四章。芳澤雜糅，忠信之美也。孰申旦而列之，則始終弗味而已。子胥、子推死若無異，而一則寤求，一則弗味，然則己即恬死，亦願爲推，不願爲胥也。

何芳草之早殀兮，微霜降而下戒。諒不聰明而蔽廱兮，使讒諛而日得。殀，一作「夭」。戒，叶音亟。不聰，一作「聰不」，或疑無「不」字。「明而」下「而」字作「之」。

芳草之殀，霜戒故也。忠賢之死，讒張故也。既不聰明，又遭蔽廱，申旦亦徒然耳。蓋因上文方論子胥而嘆其如此。

自前世之嫉賢兮，謂蕙若其不可佩。妒佳冶之芬芳兮，嫫母姣而自好。雖有西施之美容兮，讒妒入以自代。佩，叶音備。好，叶音戲。代，叶音帝。

嫫母，醜婦。讒人蔽惑，自古爲嘆也。

願陳情以白行兮，得罪過之不意。情冤見之日明兮，如列星[十二]之錯置。行，去聲。

白，明也。不意，猶言出於意外。原言得過不意，讒言蔽惑，至今黨人虛誕已露，己之冤情，日見明白，如星之錯置，不難察也。

棄騏驥而馳騁兮，無轡銜而自載。乘氾泭以下流兮，無舟楫而自備。背法度而心治兮，辟與此其無異。騏驥，王逸曰：「當作駑馬。」載，叶音意。朱子曰：「舟，當作維。」治，一作「殆」，非是。辟與譬同，一作「譬」。

轡，馬韁。銜，馬勒。駑馬本不任馳，而又無轡銜爲御，則必顛覆。編竹木涉水曰氾泭。維，纜索也。楫，漿櫂也。氾泭本不可乘，而又無維楫爲備，則必沉溺。以比有國者不遵法度，而私心爲治，則必敗亡，無以異也。

寧溘死而流亡兮，恐禍殃之有再。不畢辭以赴淵兮，惜廱君之不識。再，叶音置。識，叶音志。

言寧流亡而死，不死則恐邦其淪喪，而辱爲臣僕。又言若遽爾赴淵，憫然以死，則惜讒人蔽廱，貞誠不申，無人我識。蓋猶有陳清之思也。

右第七章，承第五章末節未盡之意而申言之。嗟乎！追殊遇於往日，冀畢辭於今朝，仿皇生死之交，睠懷君國之際。朱子稱其憂同箕子，諒哉！舊名其章曰惜往日，列第七章，今仍之。

惜誦以致愍兮，發憤以抒情。所非忠而言之兮，指蒼天以爲正。愍，一作「慜」。「非」，一作「作」。「忠」下一有「心」字。皆非是。正，叶音征。

惜，痛也。誦，反復言也。致，招。愍，憂也。痛己但以忠諫得罪，致此憂患，別無他過也。憤者，心求申而不遂之意。言廱君不識，陳情無由，不能嘿息，故發憤抒之。所，誓詞。將抒情而先爲誓詞，以求諒也。言，即誦言。正，正其言。原誓言曰己前所誦苟非忠謀，則指天可正也。

令五帝以折中兮，戒六神與嚮服。俾山川以備御兮，命咎繇使聽直。折，一作「析」。非是。與，一作「以」。服，叶音弼。命，一作「會」。使，一作「以」。

五帝，五方之帝。折中，按所言而折其義理之中也。六神，六宗之神。嚮，對。服，事也。即其言而對較事理，以求是也。山川，山川之神。御，侍也。山川備御，同侍共聽，無不可質也。咎繇，舜士師，死而爲神者。聽直，聽其言而曲直之。此皆所謂指天爲正者也。

竭忠誠而事君兮，反離羣而贅肬。忘儇媚以背衆兮，待明君其知之。「君兮」之間，亦有「子」字，非是。肬，叶音移。一無「明」字。一無「君」字。皆非是。

贅肬，內外餘肉也。身有贅肬，必疾而去之。原言衆多己而惡，思去之者如贅肬然。忘，失記也。心所不欲，失記其方也。儇，輕捷貌。原言己忘儇媚之術，致違衆好，此心獨待明君覺察耳。

言與行其可迹兮，情與貌其不變。故相臣莫若君兮，所以證之不遠。「之」下一有「而」字，非是。

可迹，猶言可考。不變，初終一轍也。所證不遠，惟君之察之而已。

吾誼先君而後身兮，羌衆人之所仇也。專惟君而無他兮，又衆兆之所讐也。「羌」

下一有「然」字，非是。一無二「也」字。兆，一作「人」。

誼，義也。先君後身，公忘私，國忘家也。仇，不合而遠之之意。無他，無私交也。讐，怨深而思報之意。衆兆，猶言衆人。言己先君之誼，已爲衆仇，而介然特立，不交權幸，又深干衆怒也。

壹心而不豫兮，羌不可保也。疾親君而無他兮，有招禍之道也。疾，一作「病」，非是。

壹，專也。不豫，謂不疑。保者，必其無仇而信之之謂。疾，急也。言己專志不疑，獨行其是，實不能保其衆之不仇。蓋以親君無他，有招衆怨之道，亦安所避罪乎？

思君其莫我忠兮，忽忘身之賤貧。事君而不貳兮，迷不知寵之門。忠，一作「知」。門，叶音民。

言己雖放廢，而思君之情則莫有如我忠者。念念君國，竟自忘其貧賤矣。放廢，故曰賤貧。又言昔日事君，但知不貳，而不知有寵幸夤緣之門。由今追昔，初終合轍，未嘗變也。在朝爲其事，故曰事君；既放，徒有其心，故曰思君。

忠何辜以遇罰兮，亦非余之所志也。行不羣以顛越兮，又衆兆之所咍也。辜，一作「罪」。以，一作「而」。余，一作「吾」。志，叶音之。一無二「也」字。

言忠而得過，念不到此；離羣取禍，至爲人笑也。

紛逢尤以離謗兮，謇不可釋也。情沉抑而不達兮，又蔽而莫之白也。白，叶音弼。一無二「也」字。

情，即謇諤之情。言己逢尤離謗，忠誠不解，乃遭黨人沉抑，有情莫伸，而君爲蔽惑，又不明辨也。

心鬱邑余侘傺兮，又莫察余之中情。固煩言不可察[十二]而詒兮，願陳志而無路。心，一作「忳」。朱子曰：「中情，以韻叶之，當作善惡。」惡，去聲。

善惡，猶云好惡。所好者忠誠，所惡者儇媚。方望明君知之，而君不我察，則蔽之者多也。陳志無路，仇讐鄣之，原其如之何哉！

退靜默而莫余知兮，進號呼又莫余聞。申侘傺之煩惑兮，中悶瞀之忳忳。號音豪。中，一作「心」。一「心」上別有「中」字。忳，叶音豶。

申，重也。悶瞀，煩亂也。忳忳，憂貌。言默則廱君不識，言又願誠無路，長此幽憂不解也。

昔余夢登天兮，魂中道而無杭。吾使厲神占之兮，曰有志極而無旁。杭，一作「航」。

杭，猶梯也。不得其死，魂無所歸者，其神曰厲。是時原在放已久，知無死所，故獨使厲神占也。曰者，原託爲厲神之詞。極，天也。旁，輔也。神言原志欲登天而無輔，故夢中道無杭也。

終危獨以離異兮，曰君可思而不可恃。故衆口其鑠金兮，初若是而逢殆。殆，叶音施。

危獨，無偶也。離異，不合也。神言就是夢而推之，行事必多不悦於俗，危獨離異也。又言再就是夢而推之，汝有登天之志，心不忘君，惜無中道之杭，恩不可恃也。厲神之言止此。下二句，原因厲神之言，恍然於當年被放之故，如有美金在此，衆口交毁，頻加試煉，必至銷鑠。己之致放，亦猶是也。

懲熱羮而吹整兮，何不變此志也？欲釋階而登天兮，猶有曩之態也。一本「熱」作「於」，而「羹」下有「者」字。一作「於熱者」。皆非是。一作「懲熱於羮」，而無「者」字。整，一作「韲」。「此」下一有「之」字。一無二「也」字。態，叶音替。

羡常熱，整常冷。懲羡之熱，雖整亦吹。凡人有鑒于前，思變於後。而已獨不變，蓋思君之忱，久而愈篤。雖知無旁，而志極如故，不改其態度也。

衆駭遽以離心兮，又何以爲此伴也？同極而異路兮，又何以爲此援也？一無「衆」字。援，叶音院。一無二「也」字。

駭，驚。駭遽，皇遽。離心，志趣不合，各一心也。言己與衆同事君而志趣不合，猶之與人同登天而取道各殊，不可望以爲輔，無怪志極無旁也。

晉申生之孝子兮，父信讒而不好。行婞直而不豫兮，鮌功用而不就。就，叶音阜。

申生，晉獻公世子，事見左傳。鮌，事見離騷、天問。申生，原自比。鮌，比當時小才自恃者。言申生之孝行反爲讒間，無伴無援，父因不喜而殺之。伯鮌之剛婞，反得衆推，有伴有援，堯幾不疑而用之。然申生雖讒死，終以孝友特聞；伯鮌雖推用，仍以不就見殺。則又何必無旁是憂也。

吾聞作忠以造怨兮，忽謂之過言。九折臂而成醫兮，吾至今乃知其信然。成，一作「爲」，「爲」下有「良」字。一無「至」字。一無「信」字。

作，爲也。造，猶招也。忽者，偶起經心之詞。過言，謂作忠造怨之言，出於過激，非平情之論也。承上文言怨貞多道讒妒，然正惟如此而用心彌苦，矢志彌篤，益以成其忠，如醫者九折臂而益良，孤臣孽子操危慮深，所以達也。

矰弋機而在上兮，罻羅張而在下。設張辟以娛君兮，願側身而無所。下，叶音户。辟，叶音臂。

矰，短矢。弋，繳射。機，張機以待發也。罻羅，掩鳥網。設，持以相向之意。張，施弓弦也。辟、臂通，弩柄曰臂。娛，取悦之謂。言黨人機險，中傷善類以從君，欲使己憂懼遠竄，側身無所也。

欲儃佪以干傺兮，恐重患而離尤。欲高飛而遠集兮，君罔謂女何之？離、罹通。

之，叶音周。女音汝。

干，求也。傺，住也。罔者，昏而不察之意。言欲儃佪於此，求稍駐足，則恐禍殃有再；欲高飛遠集，君又不察，謂我何往也。

欲橫奔而失路兮，蓋堅志而不忍。背膺牉合以交痛兮，心鬱結而紆軫。一無「蓋」字。堅志，一作「志堅」。「牉」下一無「合」字。「膺」下一有「敷」字。結，一作「約」。

橫奔，急欲求進之意。失路，則迷不由道故。堅志不忍，蓋急欲進而又止以禮也。膺，前，膺所以向者也。背者，膺之反，背膺猶云背向。牉合，猶云離合。側身無所，欲向而不得；遠集何之，欲背而不敢。干傺離尤，不欲背而禍將及；失路不忍，妄思向而志不許。摠摠離合，交傷莫決，故鬱結紆憂，不自解也。

擣木蘭以矯蕙兮，鑿申椒以爲糧。播江離與滋菊兮，願春日以爲糗芳。矯，一作「橋」。

擣，舂也。矯，糅也。糳，精細米也。播，種也。糗，糒也。承上文言揔揔胖合，背向交傷，於是備諸芳以爲糧，爲遠遊計。與離騷瓊枝爲羞數句同意。

恐情質之不信兮，故重著以自明。撟茲媚以私處兮，願曾思而遠身。質，一作「志」。重，平聲。明，叶音芒。曾，通作「層」。身，叶音商。

情質，猶云情實。重，反復也。重著自明，所謂發憤舒情者也。撟，舉也。媚，愛也。謂所愛之道，所守之節也。私之爲言獨也。曾思，曾舉之思。願曾思而遠身，即下章所云「願輕舉而遠遊」者也。蓋儃佪冀進，胖合交傷，激而託於遠身以自解，下章遂終言之。

右第八章，承上章以起下章也。舊名其章曰惜誦，列第一章，今次第八章。

悲時俗之迫阨兮，願輕舉而遠遊。質菲薄而無因兮，焉託乘而上浮。阨，一作「隘」。因，一作「緣」。乘，去聲。

迫，逼側也。阨，險難也。輕舉遠遊，即曾思遠身也。因，猶緣也。無因，謂與世無緣。焉，語詞，猶記「焉使倍之」之焉。原言己菲薄無緣，不如託乘上浮，庶解脱憂思，不傷迫阨也。

遭沉濁而汙穢兮，獨鬱結其誰語。夜耿耿而不寐兮，魂營營而至曙。「濁」下「而」一作「以」。語，去聲。耿，一作「炯」。營，一作煢。

營營，魂飄忽回旋之貌。

惟天地之無窮兮，哀人生之長勤。往者余弗及兮。來者吾不聞。勤，叶音云。吾不，一作「余弗」。

言天地本寬，而我生迫阨，長此憂勤。往者三王五帝已不及見，來者哲后明君今又未聞也。傷己生之已晚，恨明王之不作，王之不明，誰與昭奸？讒諛日得，貞臣罹尤，其爲此語，蓋嫉憸邪之誤國，而惜章癉之難期耳。吁！不能得於此日，猶冀望於來兹，神仙度世，皆無聊解脱之語，非真欲學道延年也。

步徙倚而遥思也，怊惝怳而永懷。意荒忽而流蕩兮，心愁悽而增悲。永，一作「乖」，非是。懷，叶音規。悽，一作「淒」。

撫今冀後，增憂思也。

神儵忽而不反兮，形枯槁而獨留。内惟省以端操兮，求正氣之所繇。

儵忽不反，不聞不及，夢魂營營也。枯槁獨留，幽憂傷人，勞思骨立也。内省端操，質諸幽獨，正履行道也。正氣，即孟子所謂「浩然」者。求正氣之所繇，保真遂初，求仁而得仁者也。

漠虚静以恬愉兮，澹無爲而自得。聞赤松之清塵兮，願承風乎遺則。

言己求正氣，還静虚之體，著恬愉之休，澹然無爲，有從容自得之妙，而無紆軫絓結之思，幾近於道，可與赤松爲徒矣。赤松子，古之有道術者。

貴真人之休德兮，美往世之登仙。與化去而不見兮，聲名著而日延。真，一作「至德」，一作「聽」，非是。美，一作「羨仙」，一作「僊著」，一作「章」。

真人，若赤松之屬。化去不見，謂蟬蛻登仙，不睹時事。如此則迫阨不傷，聲名著而年壽延，雖往不及，或來可聞也。

奇傅說之託辰星兮，羨韓衆之得一。形穆穆以浸遠兮，離人羣而遁逸。衆，當作「終」。

辰星，房、心、尾、箕之宿，東方蒼龍之體。傅說死，其精爲房星，蓋當時學道家有此語也。韓終，齊人。得一，得道也。離羣遁逸，即登仙化去。原言己思化去，未必幻妄，傅說、韓終，已有先我得之者矣。

因氣變而遂曾舉兮，忽神奔而鬼怪。時髣髴以遥見兮，精皎皎以往來。曾同層。皎皎，一作「皦皦」。以，一作「而」。來，叶音賚。

氣變曾舉，所謂穆穆浸遠、離羣遁逸者也。古人先我，己胡不然？因氣變而承遺則，竟可化去，而免沉濁矣。神奔鬼怪，即煉丹歌「轉制不已，神趣鬼驟」之意。遥見往來，言精氣往來，人可望而不可即也。

絶氛埃而淑尤兮，終不反其故都。免衆患而不懼兮，世莫知其所如。絶，一作「超」。尤，一作「郵」。其，一作「乎」。都，一作「鄉」。

淑尤之最者，故都郢都。患，猶忌也。如，往也。已得氣變曾舉，可以超絶塵氛，獨自淑善，不反故都以重攖黨人之忌，飄忽往來，世又烏知余之所往哉？

恐天時之代序兮，耀靈曅而西征。微霜降而下淪兮，悼芳草之先蕾。蕾、零同。

承上文言，化去難必，天時代序，傷衰老而悼讒張也。

聊仿佯而逍遥兮，永歷年而無成。誰可與玩斯遺芳兮，長鄉風而舒情。高陽邈以遠兮，余將焉所程？仿音旁。而，一作「以」。與，一作「以」，非是。斯遺芳，一作「此芳草」。長，一作「晨」。鄉，通作「向」。以，一作「已」。焉，一作「安」。

無成，言徘徊冀反，九年於兹，而志不得就，一無所成也。高陽，楚之先而爲原所自出者。人窮則反本，故念及高陽。程，猶往也。

重曰：春秋忽其不淹兮，奚久留此故居？軒轅不可攀援兮，吾將從王喬而娱戲。娱，一作「遊」。戲，叶音虚。

重，亦歌節也。留，留連思念之意。故居，故都也。故都已失，已奚爲長此留連哉？軒轅，黄帝名。黄帝乘龍上天，羣臣攀髯而號，此蓋引以爲媒絶路阻，君不可援之喻。王喬，亦得道化去者。軒轅不可攀，王喬其將從。蓋亦望楸隕涕，再見無期，不如化去之爲愈耳。

飡六氣而飲沆瀣兮，漱正陽而含朝霞。保神明之清澄兮，精氣入而麤穢除。霞，叶音胡。

六氣，春朝霞，夏正陽，秋淪陰，冬沆瀣，並天玄、地黄爲六氣。不及淪陰、玄黄者，錯舉之詞耳。精氣，六氣之精。修煉家貴氣賤形，故謂形爲麤穢。精氣入而粗穢除，即英告外身棄質，養胎虛宅，陶氣絶籥之意。

順凱風以從遊兮，至南巢而壹息。見王子而宿之兮，審壹氣之和德。

南巢，山名。蓋王子學道處。壹息，猶云一瞬。宿、肅同。審，究問也。言已餐六氣，便可御風而訪王喬，究其鍊氣之方，清和之德也。

曰：「道可受兮而不可傳，其小無内兮其大無垠。毋滑而魂兮，彼將自然。受，一作「愛」，非是。一無「而」字。垠，叶音淹。毋滑，一作「無淈」。一「滑」上别有「淈」字。

曰者，託爲子喬之言也。可受不可傳，解脱者，解脱恬愉、愁凄，在人自爲而已。無内莫破，無垠莫載，活潑潑地，非絓結紆軫之胸次所能與也。滑，亂也。而，汝也。原若魂營營，寓言化去，無滑而魂，是解脱語，是不解脱人學爲解脱語。登仙之説，獨取於此，其餐氣和德，皆爲滑魂排遣。而下文又不過發明無滑之旨，以極道其妙者也。

壹氣孔神兮，於中夜存。虚以待之兮，無爲之先。庶類以成兮，此德之門。」先，叶音純。

孔，甚也。神，神明不測之謂。言魂不滑亂，則氣專壹而甚神明也。中夜存者，夜氣静，而魂守魄，不營營也。虚以待之者，不爲思擾，與耿耿不寐者異矣。思在爲先，無思在無爲之先。庶類，猶言衆務。此德，和德也。門，所由入德之方。言無滑之極則，衆務可成，而和德之方即在於此，極言其妙也。原託爲子喬之言止此。

聞至貴而遂徂兮，忽乎吾將行。仍羽人於丹丘兮，留不死之舊鄉。行，叶音杭。

至貴，道術也。言己聞子喬之言，而遂欲往學之也。羽人，飛仙也。丹丘，疑即丹穴之山。不死之鄉，仙人所處也。

朝濯髮於湯谷兮，夕晞余目[十三]兮九陽。吸飛泉之微液兮，懷琬琰之華英。湯，當作「暘」。英，叶音央。

晞，明之也。湯谷，見天問。九陽，日也。日者陽之宗，九者陽之數，故稱日爲九陽。濯以湯谷，不受污也。晞以九陽，不爲蔽也。飛泉，丹水也。丹水玉膏，一服即仙。琬琰，美玉，學仙者食玉榮瓊屑也。

玉色頩以脕顔兮，精醇粹而始壯。質銷鑠以汋約兮，神要眇以淫放。頩音丙。脕音晚，又音萬，一作「艷」，一作「晏」。壯，叶音莊。眇與妙同。放，叶音方。

頩，美貌。脕，澤也。銷鑠，形解也。汋約，解見第一章。莊子曰：「藐姑射山有神人，汋約若處子。」醇粹始壯，精氣入也。銷鑠汋約，麤穢除也。要眇淫放，微妙飄忽，皎皎往來者也。言己學道而得，可不復悲迫阨矣。

嘉南州之炎德兮，麗桂樹之冬榮。山蕭條而無獸兮，野寂漠其無人。載營魄而登霞兮，淹浮雲而上征。冡，與寂同。寞，一作「漠」。其，一作「乎」。營與熒同。征，一作「升」。

南州，郢中也。原學道之後，要眇滛放，將辭此南州，上征遠遊，而故土可樂，故嘉之也。言南州炎德，桂樹冬榮，羣芳不凋，枝葉峻茂，昔何其盛！至於今日，鳥獸羣奔，民散相失，無獸無人，蕭條冡寞，一至此乎！楚已不國，皎皎之魂亦不忍見，於是始思登霞上征，爲遠遊計。載，始也。營者，陰靈之氣，若有光景也。霞雲，有光氣者。凡人死，魂升魄降；修煉之士輕身曾舉，故曰魄登。淹，留也，謂留於雲際。征，往也。

命天閽其開關兮，排閶闔而望予。召豐隆使先導兮，問太微之所居。集重陽入帝宫兮，造旬始而觀清都。朝發軔於太儀兮，夕始臨乎微閭。其，一作「而」。閶闔，一作「閶闔」。予，一作「余」。「陽」下一有「以」字。「乎」下一有「於」字。一無「於」字，而「微」下有「毋」字。并非是。

天閽、閶闔，解見離騷。太微，南宫、權衡、太微，三光之庭也。重陽，即太陽門。帝宫，天帝之宫。太微爲天帝南宫也。旬始，星，在北斗旁。清都，即清廟。天官書「營室爲清廟」。太儀，天帝之庭。臨，至也。微閭，太微垣之門也。太微垣有八門：曰端門，曰左掖門，曰右掖門，曰東華門，曰西華門，曰中華門，曰太陽門，曰太陰門。太微垣稱微閭，猶紫微垣稱紫宫之類。原蓋先使豐隆問太微之居，然後遍遊，而夕至其閭也。○此言南遊。

屯余車之萬乘兮，紛容與而並馳。駕八龍之婉婉兮，載雲旗之委蛇。容，一作「溶」。婉音苑。

婉婉，行貌。以龍爲駕，以雲爲旗。

建雄虹之采旄兮，五色雜而炫燿。服偃蹇以低昂兮，驂連蜷以驕驁。

蜺之雄者爲虹，言以虹爲旄也。服，服轅者。偃蹇，衆盛貌。低昂，上下不定也。驂，兩驂連蜷，雁行屈曲貌。驕驁，騰躑貌。

騎膠葛以雜亂兮，班曼衍而方行。撰余轡而正策兮，吾將過乎勾芒。膠葛，一作

「轇轕」。以，一作「其」。曼，一作「漫」。行，叶音杭。勾，一作「鈎」。

騎，從騎也。膠葛，雜亂，言多也。班，謂從人班列。曼衍，寬舒容與之象。勾芒，木正，東方之神。自屯車至此，言東遊。

歷太皡以右轉兮，前飛廉以啓路。陽杲杲其未光兮，淩天地以徑度。皡，一作「皓」。啓，一作「燭」。其，一作「亦」。地，當作「池」。徑，一作「逕」。度，當作「渡」。

太皡，東方之帝。右轉，西旋也。杲杲，日出光也。淩，歷也。天池，海也。日出於東海，故乘其杲杲之光以徑渡也。

風伯爲余先驅兮，氛埃辟而清涼。鳳皇翼其承旂兮，遇蓐收乎西皇。先，一作「前」。氛埃辟，一作「辟氛氳」。

風伯先驅，即飛廉啓路也。辟，如辟人之辟。承，接也。夾輪而飛，翼若接旂也。蓐收，金正，西方之神。西皇，西方之帝少皞也。自「歷太皞」至此，言自東而西遊。

擥彗星以爲旍兮，舉斗柄以爲麾。叛陸離其上下兮，遊驚霧之流波。擥，一作「檻」。以，古以字。旍，即旌字。叛，判通。波，叶音披。

彗星有芒，擥以爲旌。北斗有杓，舉以爲麾。叛，分也。陸離上下，僚隸僕從散布前後也。驚霧，霧重驚人者。驚霧流波，蓋指流沙而言。

時曖曃其曭莽兮，召玄武而奔屬。後文昌使掌行兮，選署衆神以並轂。曖曃，一作「晻噎」，一作「黤黮」。曭音儻。屬音燭。

曖曃曭莽，日色無光也。玄武，北方七宿龜蛇也。欲自西而北，故召之。文昌星，在北斗魁前。掌行，謂掌領從行者。選署，選擇而署其名。並轂，輔車行也。

路曼曼其修遠兮，徐弭節而高厲。左雨師使徑待兮，右雷公而爲衛。修，一作

「悠」。徐，一作「颯」。而，一作「以」。

弭節，緩行也。厲，以衣涉水，過流波也。徑待，解見離騷。

欲度世以忌歸兮，意恣睢以担撟。內欣欣而自美兮，聊媮娛以滛樂。「欲」上一有「遂」字。「欲」下一有「遠」字，一有「遂」字。而，一作「以」。滛，一作「自」。樂，叶音擾。

度世，猶云度年。歸，南歸。恣睢，放浪不羈之意。担撟，軒舉之狀。滛樂，樂之深也。自「擎彗星」至此，言北遊也。

涉青雲以汜濫遊兮，忽臨睨夫舊鄉。僕夫懷余心悲兮，邊馬顧而不行。一無「以」字。一無「遊」字。行，叶音杭。

承上文言，南州上征，遊歷四方，而臨睨舊鄉，悲懷絓結，不能行也。

思舊故以想像兮，長太息而掩涕。氾容與而遐舉兮，聊抑志而自弭。指炎神而直馳兮，吾將往乎南疑。以，一作「而」。像，一作「象」。神，一作「帝」。疑，一作「娭」。

弭，止也。己悲僕懷，馬顧不前，聊止於此也。炎神，南方之帝，祀於九疑者。直馳，徑往也。南疑，即九疑，在沅湘之間。

覽方外之荒忽兮，沛潤瀁而自浮。祝融戒而蹕御兮，騰告鸞鳥迎虙妃。張咸池奏承雲兮，二女御九韶歌。使湘靈鼓瑟兮，令海若舞憑夷。玄螭蟲象並出進兮，形蟉虯而逶蛇。雌蜺便娟目增撓兮，鸞鳥軒翥而翔飛。音樂博衍無終極兮，焉乃遊以徘徊。覽，一作「覺」。潤瀁，一作「罔象」，非是。浮，叶音披。而蹕御，一作「其還衡」。妃，叶音姬。歌，叶音基。象，一作「蟓」。玄螭蟲象並出進，一作「列螭象而並進」。蛇，一作「迤」。軒，一作「騫」。飛，叶音涓。遊，一作「逝」，非是。以，一作「而」。徊，叶音移。

沛發，動舟也。潤瀁，大水貌，指沅湘之間而言。祝融，南方神，楚人祀於九疑山下。蹕，止御也。虙妃，洛神。咸池、承雲，并古樂名。二女，即湘靈，九歌所云湘君是也。御，侍也。

海若，海神。憑夷，河伯。玄螭，龍類。蟲，鱗介之屬。象，即罔象，水怪也。蟉虬，舞動屈曲貌。便娟，輕麗貌。撓，通作「繞」。軒翥，翔飛來儀之狀。博，大。衍，寬。焉，語辭。徘徊，留連不舍之意。原言層舉遠遊，四外荒忽，而已悲僕懷，抑志自弭，泝流上下，結伴湘靈，儕偶河伯，更無復之也。

舒并節以馳騖兮，逴絶垠乎寒門。軼迅風於清源兮，從顓頊乎增冰。逴，一作「踔」。門，叶音民。

逴，遠也。絶垠，邊際也。寒門，所以通水氣者也。清源，即所謂清冷之淵。顓頊，水神。增冰，增積之冰。蓋登仙化去，本欲離羣遁逸，不返故都，乃僕悲馬懷，仍戀舊故，既無所往，則惟決計水遊而已。

歷玄冥以邪徑兮，乘間維以反顧。召黔嬴[十四]而見之兮，爲余先乎平路。「以邪」之「以」當作「之」。「先」下一有「道」字。

玄冥，水正。閒維，四維間隙處也。反顧，回顧南州。黔嬴，水神。先，前驅也。原憂思蹇産，重悲迫阨，生不如死，故望黔嬴道之平路，至是蓋不計一死之無裨矣。

經營四荒[十五]兮，周流六漠。上至列缺兮，降望大壑。漠，漢樂歌作「幕」。缺，一作「闕」。

六漠，六合也。列缺，天門。水所注爲壑。莊子曰：「大壑之爲物，注焉不滿，酌焉不竭。」原上征遠遊，遍歷六合，自列缺而望大壑，蓋沉淵之志決也。

下峥嶸而無地兮，上寥廓而無天。視儵忽而無見兮，聽惝怳而無聞。超無爲以至清兮，與泰初而爲隣。嶸，一作「嵤」。寥，一作「嵺」。天，叶音因。聞，叶音陰。

峥嶸，深險貌。無地，極言其深。寥廓，廣遠貌。無天，極言其廣。皆指大壑言也。原言赴於深淵，則見聞俱泯，並不復睨舊鄉而切悲懷，如此乃實爲遁逸化去，超無爲之先，與泰初爲隣矣。原言至此，其哀郢之極思也哉！

右第九章，蓋承前三章之意而結言之，以終哀郢之思也。驟諫君而不聽，負重石之無益，原豈不思一死無裨哉？死非難，處死爲難。廱君不識，亦既惜之，重著自明，聊爲抆淚之唫耳。願曾思而遠身，奇死不亡，王喬赤松，其彭咸化身乎？至望大壑，則直叱羽人爲不化，惡精皎之仍勤，負石之計從茲而決，寧知有益無益耶？舊名其章曰遠遊，列九章之後，而以懷沙足九章之數。今按此章與離騷末節結意大同，而懷沙賦前有與漁父問答作引，舊誤分漁父辭爲一篇，而割其賦，於此兩失之矣。今並更定焉。

卷之六哀郢終

【校勘記】

[一]太，集注端平本作「大」。

[二]晬，原作「粹」，據孟子改。

[三]蕭，原作「篇」，據集注改。

[四]志介，原作「介志」，據集注端平本乙正。

[五]獨，原作「永」，據正文改。
[六]望遠，集注端平本作「遠望」。
[七]辰，原作「長」，據集注改。
[八]遭，集注端平本作「逢」。
[九]枯，原作「桔」，據集注端平本改。
[十]列，集注端平本作「別」。下同。
[十一]星，集注端平本作「宿」。
[十二]察，集注端平本作「結」。
[十三]目，集注端平本作「身」。
[十四]羸，原作「羸」，據集注端平本改。
[十五]四荒，原作「四方」，據集注端平本改。

屈子章句卷之七

浠川劉夢鵬雲翼氏訂
男 光鏌 光鑑　姪 光鑾 光銘　同校

懷沙賦

原九年不復，年老矣，國危矣，遇窮望絶矣。懷臣僕之憂，匪抉眼之忿，原得死所哉！嗚呼，比干猶得哭於象魏，原獨號泣於江湘，其兄殺人，其弟竟不得一垂涕而道，原又安得不死乎？爰設爲問答，以發其端，而作懷沙之賦。○舊誤分爲二，以前爲漁父辭，後爲懷沙賦，今依史更正。

屈原既放，遊於江潭，行吟澤畔。顔色憔悴，形容枯槁。漁父見而問之曰：「子非三閭大夫與？何故而至此？」而至此，一作「至於斯」。

漁父非必有其人，若相如所謂烏有先生、無是公之類。古人賦體多設難以引伸其志而賦之。

屈原曰：「舉世混濁，而我獨清。衆人皆醉，而我獨醒。是以見放。」舉世，一作「世人」。混，一作「皆」。一無兩「而」字。「放」下一有「爾」字。

濁，溺於利欲也。醉，昏憒無知貌。

漁父曰：「夫聖人者，不凝滯於物，而能與世推移。舉世混濁，何不隨其流而揚其波？衆人皆醉，何不餔其糟而歠其釃？何故懷瑾握瑜，而自令見放爲？」「曰」下一無「夫」字。「人」下一無「者」字。舉世混，一作「世人皆」。隨其流，一作「淈其泥」。波，叶音披。懷瑾握瑜，一作「深思高舉」。一無「而」字。一無「見」字。

釃，酒也。言皆濁，何必獨清；皆醉，何必獨醒？處濁之中，而仍不害於清；於醉之中，而仍不失爲醒。和光同塵，所謂推移而不凝滯者也。懷瑾握瑜，志行殊也。自異於衆，所以見放。

屈原曰：「吾聞之：新沐者必彈冠，新浴者必振衣。人又安能以身之察察，受物之汶汶者乎？寧赴長流，而葬於江魚腹中耳。又安能以皓皓之白，而蒙世俗之塵埃乎？」一「安」作「誰」，無「人又」字。汶，叶音悲。長，一作「湘」。「流」下一無「而」字。於，一作「乎」。一「魚」下有「之」字。一無「中耳」字。皓皓，一作「皎皎」。塵埃，一作「温蠖」，當從「塵埃」。埃，叶音依。

察察，明潔意。原言明潔其體者，尚必彈冠振衣，不受物之汶汶；豈以明潔之行，而受世俗之塵垢乎？獨清、獨醒，志已決矣。○舊本此下有漁父歌數語，然按其所以爲歌，大旨與原殊趣，史又不載，自是贋贅無疑，今從史删去。

乃作懷沙之賦，其辭曰：此九字依史增入。

陶陶孟夏兮，草木莽莽。傷懷永哀兮，汩徂南土。陶，一作「滔」。莽，叶音母。

陶陶，暑氣也。莽莽，草盛貌。汩，水流不反貌。南土，江南也。

眴兮窈窕，孔静幽墨。冤結紆軫兮，離慜之長鞠。眴，同瞬。窈窕，一作「杳杳」，一作「杳杳兮」。静下一有「兮」字。墨，一作「默」。冤，一作「鬱」。慜，一作「愍」。鞠，叶音仄。

眴，瞽視貌。窈窕，山深邃意。丹鉛録所謂溪山窈窕而幽深者也。湘沅之間，其地多山，故其景如此。冤，鬱也。紆，曲也。軫，痛也。離，罹也。慜，憂也。鞠，窮也。

撫情効志兮，俛詘以自抑。刓方以爲圜兮，常度未替。易初本由兮，君子所鄙。章畫職墨兮，前度未改。「俛詘以」，一作「冤屈而」。抑，叶音意。一無「初」字。由，一作「廸」。職，一作「志」。改，叶音曁。

撫，安也。效，用也。俛詘自抑，降心以自寬也。刓方爲圜，謂俗尚圓通。常度未替，謂己守法度。初之所由，乃常度所在，若一旦易之，則爲君子所鄙矣。章，明也。畫，畫然較一。職，守也。墨，繩墨，言己不肯改以從俗，而專一本由者也。

内直質重兮，大人所晠。巧匠不斵兮，孰察其揆正。直，一作「厚」。重，一作「正」。

匠，一作「倕」。斲，一作「列」，一作「斷」，一作「揆」。「匠」以下皆非是。

內直，中守正直也。質重，外存敦慤也。大人，猶言君子。不斲，謂謹守繩墨。言不斲者，揆合正法，而人不察也。

玄文幽處兮，矇謂之不章。離婁微睇兮，瞽以爲無明。幽處，一作「處幽」。矇下一有「聘」字。明，叶音芒。

玄，通作「炫」，采色也。采色投於暗地，又遇矇人，則反以爲不章。離婁，古之明目者。微睇，謂無微不見，而瞽者反以爲無明。喻世無己知，相詆毀也。

變白而爲黑兮，倒上以爲下。鳳皇在笯兮，鷄鶩翔舞。而，一作「以」。下，叶音户。笯，一作「效」，非是。鶩，一作「雉」。

笯，籠絡也，言賢否倒置，君子鞿羈，讒人得志也。

何[二]糅玉石兮，一概而相量。夫惟黨人之鄙妒兮，羌不知余所臧。量，平聲。鄙，一作交。妒，一作固。余，一作吾，一有之字。

糅，雜而不分之意。美玉以比有德，惡石以喻小人。一概相量，不別美惡也。鄙，才劣。妒，中忌。言黨人鄙劣妒忌，不知己之所善也。

任重載盛兮，陷滯而不濟。懷瑾握瑜兮，窮不得所示。得一作「知」，得下一有「余」字。

示，猶見也，言小人器小任重，必誤人國。至於陷敗滯閼，而終於無濟。君子懷仁抱義，乃遭妒害，窮困不得一見其長，是爲可痛也。

邑犬羣吠兮，吠所怪也。誹俊疑傑兮，固庸態也。「犬」下一有「之」字。誹俊，一作「非俊」。一無二「也」字。

誹，謗毀。疑，猜忌。邪正自不兩立，庸態之常，不足異也。

文質疏内兮，衆不知吾之異采。材朴委積兮，莫知余之所有。内音訥。吾，一作「余」。異，一作「奥」。采，叶音走。朴，一作「僕」。

文，道德之華。質，忠信之實。疏，豁達。内，木訥。有此四者，由中發外，彬彬可觀，故曰異采。材，材具也。朴，壯大也。委積，備具多也。文質疏内，以德言；材朴委積，以才言。

重仁襲義兮，謹厚以爲豐。重華不可啎兮，孰知余之從容？重，平聲。啎，一作「遌」，一作「遻」。

重、襲，皆加累、層積意。謹厚爲豐，篤實而充裕也。重華，比聖明。啎，逢也。從容，解見九章之二。

古固有不並兮，豈知其故也。湯禹久遠兮，邈不可慕也。一「故」上有「何」字。「邈」

下一有「而」字。一無二「也」字。

不並，言己不得並世而生。湯禹，即所謂不並者。既不得並，思慕亦無益也。

懲違改忿兮，抑心而自强。離湣而不遷兮，願志之有像。違，一作「連」。强，上聲。離，罹通。湣，一作「愍」，一作「閔」。像，一作「象」。

懲違，謂以違替法度者爲戒。改忿，不敢忿懟也。原實未嘗忿，其曰改忿者，亦自省厥中，有則改之也云爾。抑，猶降也。强，勉持也。離湣不遷，言雖遭困阨，而不變操履。像，法也。

進路北次兮，日昧昧其將暮。含憂虞哀兮，限之以大故。含，一作「舒」。虞，一作「娱」。

沅湘在大江南，郢都在大江北。北次，欲歸郢也。昧昧將暮，傷衰晚不得歸也。含之爲言包也。虞之爲言弭也。大故謂死亡。言己含憂不激，虞哀不懟，從容俟命，而死生之故，天若限之，不能復待也。○原以憂讒死，既曰懲違改忿，又曰限之大故，若天所命而無所怨。原可謂知命者哉！

亂曰：「浩浩沅湘兮，分流汩兮。修路幽拂兮，道遠忽兮。一「湘」、「拂」下無「兮」字，自此至篇末並同。分，一作「紛」。拂，一作「蔽」。

沅水出蜀郡，湘水出零陵，皆入洞庭者。分流，二水分流處也。沅湘二水，首分流，末合流，入洞庭。原泝江湘而上，至二水分流始合之處，獨由湘至汨羅也。汩，水流疾貌。幽拂，境暗也。遠忽，道長也。

曾唫恒悲兮，永嘆慨兮。世既莫吾知兮，人心不可謂兮。諸本無此二十一字。

曾、增通。唫，幽閉意。謂，猶解説也。

懷情抱質兮，獨無匹兮。伯樂既殁兮，驥將焉程兮。一「情」作「質」，「質」作「情」。匹，當作「正」，叶音征。一無「將」字。

懷情抱質，即所謂文質疏内、材朴委積者也。正，猶九天爲正之正。程，品也。謂品列差別其材也。

人生有命兮，各有所錯兮。定心廣志，余何畏懼兮。人，一作「民」。有，一作「稟」。一作「萬民之生」。

錯，猶安也。言生死有命，而心各有安，不可强也。定心，不爲奪也。廣志，不爲隘也。安其所安，視死如歸，又何懼乎？

曾傷爰哀，永嘆喟兮。世溷不吾知，心不可謂兮。「溷」下一有「濁」字。「心」上一有「人」字。一無「心」字，有「念」字。

爰，恚也。楚人謂恚曰爰。此即「曾唫恒悲」四句之意，而反復嘆之者也。

知死不可讓兮，願無愛兮。明以告君子兮，吾將以爲類兮。」愛，叶讀若耐。

欲有甚於生，惡有甚於死。殺身成仁，不敢讓也，君子。古之殺身成仁者，若彭咸之類。將以爲類，竊附古人，與彼爲徒也。屈子以彼其材遊諸侯，何國不容？而自令若是。讀此語，可以思屈子矣。以非大雅明哲識之者，無乃不諒已甚乎？

【校勘記】

［一］何，集注端平本作「同」。

圖書在版編目(CIP)數據

屈子楚辭章句 / （清）劉夢鵬撰；崔小敬點校. —
上海：上海古籍出版社，2019. 9
（楚辭要籍叢刊）
ISBN 978-7-5325-9345-3

Ⅰ. ①屈… Ⅱ. ①劉… ②崔… Ⅲ. ①楚辭研究
Ⅳ. ①I207.223

中國版本圖書館 CIP 數據核字(2019)第 198646 號

楚辭要籍叢刊

屈子楚辭章句

［清］劉夢鵬 撰

崔小敬 點校

上海古籍出版社出版發行

（上海瑞金二路 272 號 郵政編碼 200020）

(1) 網址：www.guji.com.cn

(2) E-mail：guji1@guji.com.cn

(3) 易文網網址：www.ewen.co

上海展强印刷有限公司印刷

開本 850×1168 1/32 印張 7.875 插頁 3 字數 158,000

2019 年 9 月第 1 版 2019 年 9 月第 1 次印刷

印數：1—3,100

ISBN 978-7-5325-9345-3

I·3422 定價：32.00 元

如有質量問題，請與承印公司聯繫

電話：021-66366565